लोकप्रिय शायर और उनकी शायरी

वली दकनी

संपादक : सुरेश सलिल

वली दकनी की जीवनी और उनकी बेहतरीन
ग़ज़लें और नज़्में

राजपाल

ISBN : 9789393267061

पहला संस्करण : 2023 © राजपाल एण्ड सन्ज़

LOKPRIYA SHAYAR AUR UNKI SHAYARI
WALI DAKNI (Life-Sketch & Poetry)
Editor : Suresh Salil

मुद्रक : जी.एस. ऑफसेट, दिल्ली

राजपाल एण्ड सन्ज़

1590, मदरसा रोड, कश्मीरी गेट, दिल्ली–110006
फ़ोन : 011–23869812, 23865483, 23867791
e-mail : sales@rajpalpublishing.com
www.rajpalpublishing.com
www.facebook.com/rajpalandsons

क्रम

बुलबुले-बाग़े-वफ़ा हूँ मैं वली

जीवनी

'वली' को पढ़ते हुए उनकी एक ग़ज़ल के मतले पर नज़र टिकी की टिकी रह गयी। मतला यूँ है—

अर्थ-सौन्दर्य की दृष्टि से शायद इसे हिन्दी की रीतिवादी कविता के आस-पास ही माना जाएगा, किन्तु शब्द-सौन्दर्य, विशेषकर 'छन्दभरी' प्रयोग, परम्परा प्रदत्त अधिकांश हिन्दी कविता पर इसे वज़नदार बना देता है। यादों में कौंध जाती है कबीर की एक पंक्ति : 'सखियो, हमहूँ भई बलमासी'। 'बलमासी' और 'छन्दभरी' में भिन्न-भिन्न किस्म की अर्थ-छवियाँ हैं और दोनों की परम्पराएँ भी भिन्न। 'बलमासी' की परम्परा तो मिल जाएगी, स्वयं कबीर के यहाँ मिल जाएगी, किन्तु 'छन्दभरी' की परम्परा तलाशने में मशक़्क़त करनी पड़ेगी। 'छन्द' फ़ारसी या अरबी का शब्द नहीं है, उसके बीज संस्कृत में हैं और 'वली' ने अनेक संस्कृत शब्दों के तत्सम अथवा तद्भव रूपों का प्रयोग अपनी ग़ज़लों में किया है। ध्यान देने की बात यह भी है कि 'छन्द' शब्द को व्यक्तिवाची विशेषण बनाते हुए, हिन्दी कविता 'छन्दमयी' से आगे, मेरे ज्ञान और स्मृति के अनुसार, नहीं जा पायी है। आप्टे के यहाँ 'छन्द' और 'छन्दस्' शब्दों के तीन अर्थ हैं—(1) कामना, इच्छा, कल्पना, चाह, अभिलाषा, (2) स्वच्छन्द, चालाकी, धोखा, (3) छह वेदांगों में एक शास्त्र, जो छन्द शास्त्र और कालान्तर में 'पिंगल' कहा गया। 'वली' ने अपने माशूक़ में इन तीनों अर्थछवियों को घटित करने के साथ, 'रस-भरी' की तर्ज पर ('रश्कपरी' के साथ) 'छन्दभरी' की काफ़ियाबन्दी से जिस लोकमाधुरी की सृष्टि की है, उसका किंचित् विस्तार निराला के यहाँ 'सुहाग-भरी' (जुही की कली में) लक्ष्य किया जा सकता है। किन्तु निराला के समय तक आते-आते

हिन्दी कविता को प्रचुर शब्द-सम्पदा, सन्दर्भ-सम्पदा सुलभ थी—स्वयं निराला संस्कृत, बांग्ला, अंग्रेज़ी, फ़ारसी के साथ-साथ ब्रज और अवधी कविता के निष्णात रसज्ञ थे। 'वली' को, उनके समय में, यह सुविधा नहीं थी। तब भी उनकी कविता में फ़ारसी और दकनी के साथ जयदेव, सूर, जायसी और रसखान के संयुजित भाव और भाषा-सौन्दर्य का जो रूप उभरा है, वह हिन्दुई या हिन्दवी और रेख़्ता में अन्यत्र दुर्लभ है।

'वली' को वली दकनी, वली औरंगाबादी और वली गुजराती आदि कई नामों से जाना जाता है। वे दकनी में शायरी करते थे और उत्तर भारत में उर्दू शायरी का पथ प्रशस्त करनेवाले महान कवि के रूप में उनकी मान्यता है। बहुत दिनों तक उन्हें पहला 'साहिबे-दीवान' (अपना दीवान या काव्य-संग्रह बनाने वाला) भी कहा जाता रहा, किन्तु अब विभिन्न शोधों से यह बात तय हो चुकी है कि वली से पहले दकन के शायर अपना दीवान जमा कर चुके थे। साहिबे-दीवान न सही, 'बाबा-ए-रेख़्ता' या उर्दू का आदि कवि आज भी वली को कहा जाता है। अरबी ख़त में लिखी जानेवाली जिस भाषा को आज हम 'उर्दू' के नाम से जानते हैं, वली के ज़माने में उसे 'हिन्दवी' या 'रेख़्ता' कहा जाता था। एक शे'र में वली कहते हैं :

'वली' तुझ हुस्न की तारीफ़ में जब रेख़्ता बोले
सुनेगा उस्कूँ जानो-दिल सूँ वो जाने-अजम आकर

भाषा के अर्थ में 'उर्दू' शब्द का प्रयोग पहले-पहल लखनऊ केन्द्र के शायर 'मुसहफ़ी' (1750-1826) ने एक शे'र में किया :

ख़ुदा रक्खे ज़बाँ हमने सुनी है मीर-ओ-मिर्ज़ा की
कहें किस मुँह से हम, ऐ 'मुसहफ़ी' उर्दू हमारी है

किन्तु उसके बाद भी भाषा के लिए 'उर्दू' शब्द के प्रचलन में आते-आते एक लम्बा वक़्त लग गया। यहाँ तक कि 'ग़ालिब' भी अपनी जुबान को, उर्दू की बजाय, रेख़्ता कहना पसन्द करते थे :

रेख़्ते के तुम्हीं उस्ताद नहीं हो 'ग़ालिब'
कहते हैं, अगले ज़माने में कोई 'मीर' भी था

इस तरह 'हिन्दवी' या 'रेख़्ता' नाम से भविष्य की जिस उर्दू शायरी की

नींव 18वीं सदी की शुरू दहाइयों में दिल्ली में रखी गयी, उसकी अगुवाई 'वली' ने की। प्रसिद्ध आलोचक सैयद ऐहतिशाम हुसैन के अनुसार, ''वली के दिल्ली आने से पहले कोई बड़ा उर्दू कवि उत्तरी भारत में नहीं दिख पड़ता।'' वली के दिल्ली-आगमन के पूर्व 'फ़ितरत', 'उम्मीद', 'बेदिल', 'नदीम', 'आरजू' आदि जो शायर यहाँ काव्य-रचना कर रहे थे, उनका मुख्य मैदान था—फ़ारसी। वे मूलतः फ़ारसी में शायरी करते थे, यदा-कदा इक्का-दुक्का शे'र उर्दू में कह लिया करते। उनके अन्दर यह आत्मविश्वास और कल्पना शक्ति न थी कि फ़ारसी से इतर आमफ़हम ज़बान में भी शायरी की जा सकती है। उन्होंने अपने दीवान भी जमा नहीं किये थे। 'वली', इन दोनों दृष्टियों से आगे थे। वे आम बोलचाल की रसीली ज़बान में सरस कविता करते थे जो लोगों के दिल पर सीधे असर करती थी। अलावा इसके, वे अपना दीवान साथ लाये थे। वे जब दिल्ली आये तो उनका बड़ा स्वागत हुआ—जगह-जगह उनके सम्मान में गोष्ठियाँ आयोजित की गयीं और उनकी ग़ज़लें सुनकर समकालीन और युवा शायर फड़क उठे। इस सबके बावजूद, वली को घमंड छू तक नहीं गया था। वे दिल्ली में फ़ारसी के प्रकांड विद्वान और सूफ़ी शायर शाह सादुल्ला गुलशन से मिले और अपनी शायरी के बारे में उनके सुझावों पर गम्भीरतापूर्वक मनन किया—अमल में उतारा।

'वली' की जीवनी बहुत उलझी हुई, कहें कि विवादास्पद है। दकनी का कवि होने के नाते, एक पक्ष उनके जन्म और मृत्यु को औरंगाबाद खींच ले जाता है, तो दूसरे पक्ष का मत है कि वली गुजरात (अहमदाबाद) में पैदा हुए और वहीं उनका निधन हुआ। ख़्वाजा ख़ान हमीद औरंगाबादी 'गुलशने-गुफ़्तार' में, मीर हसन 'तज्किरा-शुअरा-ए-उर्दू' में, शेख़ क़यामुद्दीन क़ाइम चाँद-पुरी 'मख़्ज़ने-निगार' में, नवाब इब्राहीम ख़ाँ 'गुलज़ारे-इब्राहीम' में, हाफ़िज़ सैयद मुमताज अली भोपाली 'आसाइज शुअरा' में और मोहम्मद हुसैन आज़ाद 'आबे हयात' में वली का जन्म और मृत्यु अहमदाबाद में मानते हैं। यूरोप में वली के दीवान की कई हस्तलिखित प्रतियाँ हैं, जिनके आधार पर ब्लूमहर्ट आदि विद्वानों तथा ऑक्सफ़ोर्ड, एडिनबरा एवं स्प्रेंगर के कैटलॉगों के अनुसार भी वे अहमदाबाद में पैदा हुए और वहीं उनका निधन हुआ। दूसरी तरफ़ फ़तह अली

अल-हुसैनी गर्देज़ी ने 'तज़्किरा-ए-रेख़्तागोयाँ' में, लक्ष्मीनारायण औरंगाबादी ने 'चमनिस्ताने-शुअरा' में, हकीम कुद्रतुल्लाह क़ासिम ने 'मज़्मुआ-ए-नाज़गो' में वली के जन्म व मृत्यु का स्थान औरंगाबाद दर्ज किया है। बल्कि वहाँ उनकी एक क़ब्र भी खोज निकाली है।

वली की जन्मतिथि को लेकर अभी कोई दावा सामने नहीं आया है, लेकिन उनके निधन को लेकर मत-वैभिन्य है। एक मत के अनुसार उनका निधन 1101 हिजरी (1690 ई.) में हुआ, तो दूसरे मत के अनुसार 1155 हिजरी (1742 ई.) में। लेकिन अब्दुल हक़ साहब ने मुम्बई की जामा मस्जिद के कुतुबख़ाने से मौलवी हसन मुफ़्ती का लिखा एक तारीख़ी क़तआ खोज निकाला है, जो इस प्रकार है :

> *मत्ला-ए-दीवाने-इश्क़, सैय्यादे-अरबाबे-दिल*
> *वालिए-मुल्के-सुख़न, साहिबे-इर्फ़ां 'वली'*
> *साले-वफ़ातश ख़िरद अज़ सिर्र-ए-इल्हाम मुफ़्त*
> *बा'द पनाह 'वली'-साक़ि-ए-क़ौसर अली*

इस क़तए के आख़िरी मिसरे की गिनती 1118 हिजरी (1706 ई.) होती है। इसी के आधार पर वली की वफ़ात 4 शाबात की शाम को 1119 हिजरी (1707 ई.) तय मानी गयी है।

वली के नाम को लेकर भी दो मत हैं—यहाँ भी विवाद दो सम्प्रदायों के बीच का है। औरंगाबाद सम्प्रदाय के विशेषज्ञ डॉ. ज़ोर का मत वली को वली मुहम्मद अली औरंगाबादी कहने का है और गुजरात सम्प्रदाय के प्रो. नदवी और डॉ. मदनी का मत उन्हें मुहम्मद वली उल्लाह कहने का है। 'आबे हयात' के मोहम्मद हुसैन आज़ाद के अनुसार वली का नाम शम्स वलीउल्लाह होना चाहिए। किन्तु जहाँ एक से अधिक पक्ष अपनी-अपनी बात मनवाने पर अड़े हों, वहाँ किसी एक सर्वमान्य नतीजे तक पहुँचना आसान नहीं होता। वैसी स्थिति में बेहतर यह होगा कि सही नाम का पता लगाने के चक्कर में न पड़ कर हम 'बाबा-ए-सुख़न' को 'वली दकनी' के रूप में ही स्मरण करें।

दिलचस्प यह भी है कि अन्य सभी मामलों में मतभेद होने के बावजूद, वली की तालीम के मामले में सभी एकमत हैं। सभी मानते हैं कि उनकी पढ़ाई-लिखाई अहमदाबाद में मौलाना वजीउद्दीन के मदरसे में हुई, जो उस ज़माने में ज्ञानार्जन के लिए सारे देश में मशहूर था। वहाँ वली ने ज्ञान-विज्ञान

की शिक्षा मौलाना शेख़ नसरुद्दीन सुहरावर्दी से, तथा *क़ुरान* और *हदीस* की तालीम सैयद मुहम्मद अब्दुलमज्द महबूब से हासिल की। इस मामले में भी सभी एकमत हैं कि तालीमी दौर के बाद, वली की ज़िन्दगी का ज़्यादातर वक़्त औरंगाबाद में बीता और उन्होंने दकनी भाषा-शैली में शायरी की।

दकनी हिन्दी का मुख्य क्षेत्र बीजापुर और गोलकुंडा रहा है। पहले वहाँ तेलुगु, कन्नड़ और मराठी भाषाओं के मिले-जुले रूप का प्रचलन था। 13वीं-14वीं सदी से पहले अलाउद्दीन खिलजी की सैन्य कार्रवाई और फिर मुहम्मद तुग़लक के राजधानी परिवर्तन के परिणामस्वरूप उत्तर भारत के सैनिक, किरानी, व्यवसायी, सूफ़ी-फ़कीर और अन्य नागरिक काफ़ी बड़ी तादाद में उस क्षेत्र में गये। वे ब्रजभाषा, खड़ी बोली, पंजाबी की मिलीजुली बोली-बानी, जो उन दिनों दिल्ली की गलियों-बाज़ारों में आम प्रचलन में थी, अपने साथ ले गये। *तारीख़े-फ़िरिश्ता* के लेखक के अनुसार, चौदहवीं सदी के मध्य में जब उस क्षेत्र में तुग़लक बादशाहों की स्थिति कमज़ोर पड़ी और वहाँ बहमनी राज्य क़ायम हुआ तो बहमनी शासकों ने हिन्दी को राजभाषा बनाया। इस तरह अरबी हरुफ़ में लिखी जानेवाली एक नयी तरह की हिन्दी वहाँ प्रचलन में आनी शुरू हुई, जिसमें दिल्ली की बोली के साथ स्थानीय और क्षेत्रीय बोलियों के शब्द भी रल-मिल गये। पन्द्रहवीं सदी के ख़त्म होते न होते बहमनी राज्य कई टुकड़ों में बिखर गया। बीजापुर में आदिलशाही हुकूमत क़ायम हुई और गोलकुंडा में क़ुतुबशाही। इन दोनों के वजूद में आने के बाद उस क्षेत्र में कविता और साहित्य की रुचियाँ विकसित होनी शुरू हुईं। शासकवर्ग से लेकर आम लोगों तक सभी कविता और साहित्य के रंग में रँग गये। दरअसल, यहीं से दकनी काव्यधारा की शुरुआत होती है और उसके आदिपुरुष ख़्वाजा बन्दानवाज़ गेसूदराज़ माने जाते हैं। बाद में इस परम्परा को शाह मीरानजी, बुरहानुद्दीन जानम, इब्राहिम आदिलशाह, रुस्तमी, नुसरती, हाशमी, मुहम्मद क़ुली क़ुतुबशाह, मुल्ला वजही, गव्वासी, इब्ने निशाती आदि सूफ़ी कवियों ने आगे बढ़ाया और सरसब्ज़ किया। इनमें इब्राहिम आदिल शाह और क़ुली क़ुतुबशाह खुद शासक भी थे। इन सबकी मुख्य भावधारा सूफ़ी और तसव्वुफ़ की थी। बेशक ये अपना कलाम फ़ारसी लिखावट में लिखते थे, लेकिन भाषा

ठेठ दकनी थी। वे साफ़-साफ़ कहते थे कि मेरी शायरी उन लोगों के लिए है, जो अरबी-फ़ारसी नहीं जानते।

'वली' ने इसी दकनी परम्परा में काव्य-रचना की और उसे आंचलिकता से बाहर लाकर न सिर्फ़ हिन्दी प्रदेश में लोकप्रिय बनाया, बल्कि वह दुनिया के अनेक देशों तक गयी। वली ने ग़ज़ल, फ़र्द, रुबाई, क़तआ, मुखम्मस, तर्जीअबन्द, क़सीदा, मस्नवी, मुसल्लस, मुरब्बब आदि अनेक छन्दों में शायरी की है, लेकिन उनका मुख्य क्षेत्र ग़ज़ल था और उर्दू के प्रत्येक हर्फ़ (अक्षर) की रदीफ़ में ग़ज़लें कही हैं। उनकी ग़ज़लों के आधार पर यह भी कहा जा सकता है कि वे मूलतः सूफ़ी रंग की प्रेम-भावना के शायर हैं और तसव्वुफ़ (अध्यात्म) का रंग उनके यहाँ बहुत गहरा है। वे इस अर्थ में भी समृद्ध सांस्कृतिक समन्वय के कवि हैं कि उनकी शायरी में ईरान और अरब की पौराणिकी के साथ-साथ हिन्दू पौराणिकी के सन्दर्भ और रूपक भी बड़ी ही हार्दिकता से गूँथे गये हैं—अनेक जगहों पर संस्कृत शब्दों के तत्सम व तद्भव रूप भी रसज्ञों को आकृष्ट करते हैं। यथा—

आसन का फ़िराक़ यारे-भभूत इश्क़ का चढ़ा
मट में बिरह के मुझकूँ सनियासी किया पिया

पिरित का कंठा पहने जो, उसे घरबार करना क्या
हुई जोगन जो कुई पी की, उसे संसार करना क्या

जो पीवे नीर नैना का, उसे क्या काम पानी सूँ
जो भोजन दुख का करते हैं, उसे आधार करना क्या

तिरे बिन रात दिन फिरत्याँ हैं बन बन किशन की मानिन्द
अपस के मुख उपर रखकर निगह की बाँसली आँखियाँ

उस बेवफ़ा की तर्ज़ सूँ शिकवा नहीं 'वली'
है जंग रात द्यौस मुझे मुझ नसीब सूँ

कूचा-ए-यार   ऐन   कासी   है
जोगिया दिल वहाँ का बासी है
ऐ सनम, तुझ जबीं उपर यो खाल
हिन्दू   ये   हरद्वार   बासी   है

जोधा जगत के क्यूँ न डरें तुझ सूँ ऐ सनम
तरकस में तुझ नयन के हैं अर्जुन के बान आज

वली ने व्यापक काव्य-अनुभव हासिल करने के लिए दिल्ली की यात्रा की थी, इसका उल्लेख पीछे हो चुका है। कुछ विद्वानों का मत है कि वे दो बार दिल्ली आए—पहली बार औरंगज़ेब के शासन काल में, और दुबारा मुहम्मद शाह के वक़्त में। लेकिन पुख्ता सुबूत उनके एक बार, औरंगज़ेब के समय में ही आने के हैं। दिल्ली आने के कारण ही, दकन के शायरों में अकेले वली ही हैं कि उनकी शायरी भौगोलिक बाड़ें तोड़कर बाहर आ सकी और व्यापक प्रसिद्धि पानेवाले पहले दकनी शायर का सेहरा उनके सिर बँधा।

वली के दीवान का पहला व्यवस्थित प्रकाशन सन् 1833 में दो जिल्दों में हुआ, जिसका सम्पादन प्रसिद्ध फ्रांसीसी विद्वान गार्सा द तासी ने किया। उन्होंने वली के जीवन और उनके साहित्यिक महत्त्व को रेखांकित करते हुए उस दीवान की फ्रेंच भाषा में विस्तृत भूमिका लिखी और वली को 'उर्दू का चॉसर' कहा। उसके बाद 1872 में सूरत के मियां समझू ने वली का दीवान प्रकाशित किया। उस दीवान का तीसरा संस्करण 1943 में 'अंजुमन तरक़्क़ी उर्दू हिन्दी' ने प्रकाशित किया। वली का कुल्लियात (सम्पूर्ण रचनावली) भी सैयद नूरुल हसन हाशमी के सम्पादन में आ चुका है।

निर्विवाद रूप से उत्तर भारत की उर्दू कविता को गहरे तक प्रभावित करनेवाले और यहाँ के शायरों को राह दिखानेवाले महाकवि के रूप में वली की ख्याति अक्षुण्ण है। 'मीर' जैसे शायर ने, जिन्हें 'ख़ुदा-ए-सुख़न' कहा और अपने विकास में 'वली' के योगदान को स्वीकार किया है।

15.04.2022   —सुरेश सलिल
दिल्ली

ग़ज़लें

पिरित[1] का कंठा पहने जो, उसे घरबार करना क्या
हुई जोगन जो कुई पी की, उसे संसार करना क्या

जो पीवे नीर नैनाँ का, उसे क्या काम पानी सूँ
जो भोजन दुख का करते हैं, उसे आधार करना क्या

सखी तुमना कूँ अरज़ानी[2] ये क़िस्वत ओ ज़रीना[3] सब
वो है जीव से बेजार, उसे सिंगार करना क्या

ख़िजालत[4] के गिर्द अँझवा[5] के पानी सूँ गुलाबे को
बनाने ग़म के घर मुझकूँ, दूजा मेमार करना क्या

नहीं कोई धरमधारी जो कहे पीतम सूँ समझा कर
कि दुनियाँ कूँ बिछोही सूँ इत्ता बेजार करना क्या

महल दिल का तिरी ख़ातिर बनाया हूँ मैं दिलो-जाँ सूँ
जुदाई सूँ उसे यक़्बारगी मिस्मार[6] करना क्या

सहेलियाँ जब तलक मुझ सूँ न बोलेंगी 'वली' आकर
मुझे तब लग किसी सूँ बात और गुफ़्तार करना क्या

---

1. प्रीति का बिगड़ा हुआ रूप 2. सस्ते, बेकार 3. लिबास और गहने 4. लज्जा या पश्चाताप
5. आँसुओं के 6. ढहाना, ध्वस्त करना

कफ़नी पिन्हा के मुझकूँ लिबासी[1] किया पिया
यक् चीज़ देकूँ दिल में दोभासी किया पिया

आसन का फ़िराक़ यारे-भभूत इश्क़ का चढ़ा
मठ में बिरह के मुझको सनयासी किया पिया

दे ऐन शीन क़ाफ़[2] तू मुझ दाल-लाम[3] में
मुझ पर अपस के घर मनें कासी किया पिया

अपनी बिरह की तेग़ सूँ मुझ दिल कूँ काट बाट
मुझ जिन्दगी सूँ आह उदासी किया पिया

ता हश्र दे 'वली' कूँ कफ़न अपने इश्क़ का
है-है! बिरह की क़बर में बासी किया पिया

---

1. कपड़ा पहना दिया 2. इश्क़ 3. दिल

वो नाज़नीं अदा में एजाज़ है सरापा[1]
ख़ूबी में गुलरुख़ाँ सूँ मुमताज है सरापा

ऐ शोख़, तुझ नयन में देख्या निगाह कर कर
आशिक़ के मारने का अंदाज़ है सरापा

जग के अदाशनासाँ[2] है जिनकी फ़िक्र आली
तुझ क़द को देख बोले, यो नाज़ है सरापा

क्यों हो सकें जगत के दिलबर तिरे बराबर
तू हुस्न ओ अदा में एजाज़ है सरापा

गाहे ऐ ईस्वी दम यक बात लुत्फ़ सूँ[3] कर
जाँबख़्श मुझको तेरी आवाज़ है सरापा

मुझ पर 'वली' हमेशा दिलदार मेहरबाँ है
हर चंद हस्बे-जाहिर[4] तन्नाज़[5] है सरापा

---

1. चमत्कार, करिश्मा 2. मन की बात जान लेने वाले 3. कभी लुत्फ़ से एक बात कह 4. प्रकट रूप से 5. खुलेआम फब्ती यानी व्यंग्य करने वाला

छिपा हूँ मैं सदा-ए-बाँसली[1] में
कि ता जाऊँ परीरू[2] की गली में

नहीं ताक़त मुझे आने की लेकिन
ब ज़ेरे-आह[3] पहुँचा तुझ गली में

अयाँ[4] है रंग की शोख़ी सूँ ऐ शोख़
बदन तेरा क़बा-ए-संदली[5] में

जो है तेरे दहन में[6] रंगो-ख़ूबी
कहाँ यो रंग, यो ख़ूबी कली में

किया ज्यूँ लफ़्ज़ में मानी सरीजन[7]
मुक़ाम अपना दिलो-जाने 'वली' में

---

1. बाँसुरी की आवाज़ में 2. हसीन औरत 3. आह-ऊह करता हुआ 4. प्रकट है, साफ़ नज़र आता है 5. चंदन जैसी काया में 6. मुख में 7. परियों ने जैसे शब्दों में अपना पता-ठिकाना वली के दिल और जान में बताया

यारो सलाम मेरा उस यार से कहो जा
मुझ हिज्र[1] के यो दुख कूँ दिलदार से कहो जा

जलता हूँ दरस बिन अब हालत नहीं है मुझमें
यो सब मेरी मुसीबत ऐयार[2] से कहो जा

कीता है मक्कर[3] तू नित, आ रहम कर वगर्ना[4]
वल्लाह मैं मरूँगा मक्कार से कहो जा

मुझ दिल की अबतरी[5] को लिल्लाह[6] काढ़ते तुम
काकुल[7] से उसकी यारो हर तार से कहो जा

मजरूह[8] दिल कूँ मेरे नाज़ो-अदा सूँ अपने
बेगी इलाज करना तर्रार से[9] कहो जा

तुझ वस्ल[10] बिन 'वली' का जाता है जीव बदन सूँ
टुक आके देख जाना ग़मख़्वार[11] से कहो जा

---

1. बिछोह, वियोग 2. छलिया, धोखेबाज़ 3. चालाकी 4. वर्ना 5. बेचैनी 6. खुदा के लिए, ईश्वर के लिए 7. केश 8. घायल 9. शोख, चपल 10. मिलन 11. दुखी व्यक्ति

दिल कूँ लगती है दिलरुबा की अदा
ज्यु में बसती है ख़ुशअदा की अदा

गर्चे सब ख़ूबरू हैं ख़ूब वले[1]
क़त्ल करती है मीर्ज़ा[2] की अदा

हर्फ़ बेजा बजा हैं गर बोलूँ
दुश्मने-होश है[3] पिया की अदा

नक़्श-ए-दीवार[4] क्यूँ न हों आशिक़
हैरतअफ़्ज़ा[5] है बेवफ़ा की अदा

गुल हुए ग़र्क़ अर्क़े-शबनम[6] में
देख उस साहिबे-हया[7] की अदा

अश्के-रंगीं[8] में ग़र्क़ हैं निस दिन
जिनने देखा है तुझ हिना की अदा

ऐ 'वली' दर्दे-सर की दारू[9] है
मुझ कूँ उस संदली क़बा[10] की अदा

---

1. किंतु, लेकिन 2. शाही उपाधि, ख़िताब 3. बेहोशी 4. दीवार के निशान 5. हैरत में डालने वाली 6. ओस 7. जो बेहद हयादार हो 8. ख़ूनी या रंगीन आँसुओं में 9. सरदर्द की दवा 10. संदली पोशाक वाले की

देख्या है जिनने तेरे रुख़सार का तमाशा
नहीं देखता सुरज की झलकार का तमाशा

ऐ रश्क़े-बाग़े-जन्नत[1] जब सूँ जुदा हुआ हूँ[2]
दोज़ख़ है मुझकूँ तब सूँ गुलज़ार का तमाशा

बेक़स्द[3] मुझ[4] ज़बाँ पर आता है लफ़्ज़े-तमकीं[5]
देख्या हूँ जब सूँ[6] तेरी रफ़्तार का तमाशा

रिश्ते कूँ बंदगी के डाल्या अपस[7] गले में
देख्या जो तुझ सनम के जुन्नार[8] का तमाशा

नरगिस नमन[9] रही नहीं पल मारने की ताक़त
आ देख उस अँख्याँ के[10] बीमार का तमाशा

उस मुँह का रंग उड़कर क़ौसे-क़ज़ह कूँ[11] पहुँचा
देख्या जो तुझ भवाँ की तलवार[12] का तमाशा

तब सूँ 'वली' का मतलब[13] जा पेंच में पड़्या है
देख्या हूँ जब सूँ तेरी दस्तार[14] का तमाशा

---

1. जन्नत के बाग से ईर्ष्या करने वाले से 2. जब से स्वर्ग के उद्यान से मुकाबला करने वाले से विलग हुआ हूँ 3. अनिच्छापूर्वक 4. मेरी 5. आदरसूचक शब्द 6. जब से देखा है 7. अपने 8. गले में पड़ा धागा या जनेऊ 9. नरगिस की तरह 10. उन आँखों के 11. इंद्रधनुष तक 12. तेरी भौंहों की तलवार 13. आशय 14. पगड़ी

लिया है जब सूँ मोहन ने तरीक़ा ख़ुदनुमाई का[1]
चढ्या है आरसी पर[2] तब सूँ रंग हैरत फ़ज़ाई[3] का

अपस[4] की जुल्फे-काफ़िर केश की झलकार टुक दिखला[5]
कि ज़ाहिद[6] बेख़बर दम मारता है पारसाई[7] का

सुरज कूँ गर इजाज़त हो तो आवे सीस सूँ[8] चल कर
कि उसकूँ शौक़ है तुझ आस्ताँ[9] पर ज़िब्हसाई का[10]

मेरे दिल की हक़ीक़त यूँ हुई है शुहरते-आलम[11]
कि ज्यूँ मशहूर है मज़्कूर[12] तेरी दिलरुबाई का

करे ता तुझ शकर लब सूँ[13] तलब इक बोसा-ए-शीरीं[14]
मेरे दिल ने लिया है इस सबब शेबा गदाई का[15]

जो कोई तेरी स्यह चश्माँ कूँ समझा बेमुरव्वत कर
भरोसा क्यूँकि होवे उसकूँ तेरी आश्नाई[16] का

सजन की अंजुमन में[17] हुए तब हर यक तबां[18] रौशन
'वली' चर्चा अछे मजलिस में जब तबा आज़माई का[19]

---

1. आत्म प्रदर्शन का 2. आईने या शीशे पर 3. अचरज का 4. अपनी 5. जरा अपने काफ़िर केशों की झलक दिखला 6. संयमशील 7. पवित्रता, संयम 8. सिर के बल 9. दहलीज़ 10. अपना बलिदान करने की कोशिश का 11. दुनिया में मशहूर हुई है 12. चर्चे 13. मधुर होंठों से 14. मीठा चुंबन 15. भिखारी का भेस बनाया है 16. दोस्ती, मित्रता 17. महफिल में 18. विद्वान, बुद्धिमान 19. जब महफ़िल में बुद्धि परीक्षण की चर्चा चल रही हो

तुझ[1] लब की सिफ़त[2] लाले-बदख़्शाँ[3] सूँ कहूँगा
जादू हैं तेरे नयन ग़ज़ालाँ[4] सूँ कहूँगा

दी बादशाही हक़[5] ने तुझे हुस्न नगर की
यो किश्वरे-ईराँ[6] में सुलेमाँ[7] सूँ कहूँगा

तारीफ़ तेरे क़द की अलिफ़वार[8] सरीजन[9]
जा सर्वो-गुलिस्ताँ कूँ[10] ख़ुश इलहाँ[11] सूँ कहूँगा

मुझ पर न करो ज़ुल्म तुम ऐ लैल-ए-ख़ूबाँ[12]
मजनूँ हूँ तेरे ग़म कूँ बियाबाँ सूँ कहूँगा

देखा हूँ तुझे ख़्वाब में ऐ माया-ए-ख़ूबी
इस ख़्वाब को जा यूसुफ़े-कुनआँ[13] सूँ कहूँगा

जलता हूँ शबो-रोज़ तेरे ग़म में ऐ साजन
यो सोज़ तेरा[14] मश्अले-सोज़ाँ[15] सूँ कहूँगा

यक नुक़्ता[16] तेरे सफ़चा-ए-रुख[17] पर नहीं बेजा
उस मुख कूँ तेरे सफ-ए-क़ुर्आँ[18] सूँ कहूँगा

क़ुर्बान परीमुख पे हुई चोब सी जल कर
यह बात अजायब महेताबाँ[19] सूँ कहूँगा

बेसब्र न हो, ऐ 'वली', इस दर्द सूँ हर्गिज़
जलता हूँ तेरे दर्द में दरमाँ सूँ कहूँगा

---

1. तेरे 2. ख़ूबी 3. बदख़्शाँ अफ़ग़ानिस्तान में है और लाल (जवाहरात) के लिए मशहूर है
4. मृगशावकों से 5. ख़ुदा, ईश्वर 6. मुल्क ईरान 7. सुलेमान 8. सिलसिलेवार 9. रूपसी, कोमलांगी
10. बागों और सनोवर के दरख़्तों से 11. मीठे गीतों से 12. हसीन औरतों की लैला 13. एक
पैगम्बर का नाम 14. जलन, गर्मी 15. जलती मशालों से 16.एक तिल 17. गाल 18. क़ुरान
की पाकीज़गी यानी पवित्रता 19. चमकते हुए चाँद से

तस्वीर तेरी देखकर सारा जगत हैराँ हुआ
तुझ जुल्फ़ के कूचे मनें[1] दिल जाके सरगर्दाँ[2] हुआ

अबरू की कश्ती[3] मत छिपा इस वक़्त ऐ दरिया-ए-हुस्न
तुझ नैन की गर्दिश[4] सती[5] आलम मनें तूफ़ाँ हुआ

यो ख़ाल[6] तेरे मुख ऊपर दिल है उसका ऐ सनम
तिरी जुल्फ़ कूँ जो देख कर है दुश्मने-ईमाँ हुआ

सुंबुल[7] पड़्या है दाम में[8] तुझ जुल्फ़ के ऐ गुलबदन
तुझ ख़त की ख़ूबी देख कर फ़र्माँ में नफ़र्माँ[9] हुआ

वो आशिक़ी के केश में[10] साबित है[11] दायम[12] ऐ 'वली'
तुझ से कमाँ अबरू उपर[13] जो जीव सूँ क़ुर्बाँ हुआ[14]

---

1. में 2. हैरान, भ्रमित 3. भौंहों की नोका 4. गर्द-गुबार 5. से 6. तिल 7. एक क़िस्म का फूल 8. फंदे में
9. शाही फ़र्मान यानी हुक्म न मानने वाला 10. बालों में 11. सुरक्षित है 12. हरदम 13. भौंहों
के ऊपर की कमान 14. जी से क़ुर्बान हो गया

बेदाद[1] है बेदाद कि वो यार न आया
फ़रियाद है फ़रियाद कि ग़मख़्वार न आया

सद हैफ़ है सद हैफ़[2] कि यक नाज़ो-अदा सूँ
यक बार मेरे घर में वो दिलदार न आया

अग़याज़ किया,[3] चलता रह्या, मुझकूँ न पूछ्या
क्या उसकूँ मिरे हाल पे कुछ प्यार न आया

मैं ज्यु कूँ रख्या इश्क़ के बाज़ार में लेकिन
हैहात[4] मिरे ज्यू का ख़रीदार न आया

क्या है सबब[5] इस वक़्त 'वली' जीव कूँ लेने
ले हाथ ख़ंजर क़ातिले-ख़ूँखार न आया

---

1. अत्याचार, जुर्म 2. बहुत अफ़सोस 3. अनदेखी की 4. हैरत, अचरज 5. मतलब, आशय

सद हैफ़[1] कि वो यार मेरे पास न आया
मेरा सुख़ने-रास्त[2] उसे रास न आया

बेमानी लगे तर्ज़ यगाने की[3] अजब है
आख़िर कूँ उसे ग़ैर सूँ बिसवास न आया

बुलबुल की नमत[4] नाला-ओ-जारी[5] मैं हूँ निस दिन
अफ़सोस वो गुलदस्ता-ए-ख़ुशबास[6] न आया

उस यारे-वफ़ादार सूँ मुझ आस थी लेकिन
हर्गिज़ वो बुझाने कूँ मिरी प्यास न आया

मैं अंबा-नमत[7] तन कूँ गलाया हूँ अपस[8] के
वो बाग़े-मुहब्बत का अनन्नास न आया

जिस बाज[9] मेरे सीने पे हर आन है यक् साल[10]
उस माह बिना तन पे मेरे पास न आया

यो बात 'वली' दिल की सियाही सूँ लिख्या हूँ
वो नूरे-नयन हैफ़ मेरे पास न आया

---

1. अफ़सोस 2. सीधी-सच्ची बात 3. स्वजन, अपने आदमी की 4. भाँति 5. पुकारना व तड़पना
6. सुगंधित गुलदस्ता 7. आम की तरह 8. अपने 9. जिसके बिना 10. हर पल एक साल
जितना लम्बा है

ख़ुदा ने मुख पे तेरे बाबे-हुस्न बाज़ किया[1]
क़दे-बुलंद कूँ तेरे[2] तमाम नाज़ किया

ये मुख तेरा है ज्यूँ मस्जिद, भवाँ हैं ज्यूँ मेहराब
अँखाँ सूँ जाके मैं वाँ[3] इश्क़ की नमाज़ किया

घुलता हूँ शमा नमत[4] उसके मुख के परतौ सूँ[5]
कि जिसकी याद की आतिश ने[6] तन गुदाज़[7] किया

फ़िदा किया हूँ यो क़ामत उपर[8] दिलो-जाँ कूँ
कि मुझको शोरे-क़यामत सूँ[9] बेनियाज़[10] किया

कमंदे-शौक़ में[11] खींचा है ज़ोहरा, रूपा कूँ
तिरी जुल्फ़ाँ की हिकायत[12] कूँ जो दराज़ किया[13]

मिसाले-जुल्फ़[14] पड़ी दिल की फ़ौज बीच शिकस्त[15]
तिरी निगाह ने अब आके तर्के-ताज़[16] किया

ख़ुदा दिया है मुझे सद हज़ार इज़्ज़ो-नियाज़[17]
जो सर से पाँव तलक तुझको शक्ले-नाज़[18] किया

'वली' अपस के क़दमबोस के शरफ़ सूँ मुझे[19]
हज़ार शुक्र कि दिलबर ने सरफ़राज़ किया

---

1. सौंदर्य का द्वार खड़ा किया 2. तेरे लम्बे कद को 3. आँखों के रास्ते वहाँ जाकर 4. शमा की भाँति
5. आभा 6. ज्वाला ने 7. तंदुरुस्त 8. इस व्यक्तित्व पर 9. प्रलय काल के शोर से 10. बेपरवाह
11. शौक की डोरी या रस्सी 12. कहानी 13. के वृत्तांत को उजागर किया 14. जुल्फ़ों की भाँति 15. बिखराव
16. आक्रमण करने का इरादा छोड़ दिया 17. सौ हज़ार इज़्ज़त 18. गर्व की प्रतिमूर्ति
19. आपके क़दम चूमने का सम्मान

नाज़नीं नाज़ सूँ सहन में आ[1]
फ़र्शे-गुल सब हुए[2] चमन में आ

जान ख़ूबाँ की[3] अब हुई मजलिस
माह होकर[4] तू अंजुमन में[5] आ

खोल कर इस दहाँ के ग़ुंचे कूँ[6]
तूती मानिंद[7] तू चमन में आ

मैं हूँ तेरे फ़िराक़[8] सूँ अंधा
मर्दुमक होके[9] मुझ नयन में आ

आरज़ू है 'वली' कूँ, ऐ गुलरू[10]
एक दो साअत[11] तू मेरे तन में आ

---

1. गर्व के साथ यहाँ आ 2. फूलों का फ़र्श वगैरह सब है 3. सुंदरियों की 4. चाँद बन कर
5. सभा में 6. कली के मुख को 7. तोते की भाँति 8. इंतज़ार 9. आँख की पुतली बन कर
10. फूल जैसे रूप-रंग वाले 11. एक दो पल के लिए

मिल्या वो गुलबदन जिसकूँ उसे गुलशन सूँ क्या मतलब
जो पाया वस्ले-यूसुफ़[1] उसकूँ पैराहन[2] सूँ क्या मतलब

मुझे असबाबे-ख़ुदबीनी[3] सूँ दायम अबस है दिल में
किया जो तर्के-जीनत[4] कूँ उसे दरपन सूँ क्या मतलब

सुख़न[5] साहिबे-सुख़न[6] का सुनके मिलने की हवस मत कर
जवाहर जब हुए हासिल तो फिर मअदन[7] सूँ क्या मतलब

अज़ीज़ाँ[8] बाग़ में जाना निपट दुश्वार है मुझकूँ
गली गुलरू[9] की पाया हूँ मुझे गुलशन सूँ क्या मतलब

'वली' जन्नत मनें[10] रहना नहीं दरकार आशिक़ कूँ
जो तालिब[11] ला-मकाँ[12] का है उसे मस्कन[13] सूँ क्या मतलब

---

1. यूसुफ़ (अत्यंत रूपवान) का सान्निध्य 2. आकर्षक पहनावा 3. आईना, दर्पण 4. साज-सज्जा का परित्याग 5. कविता, शायरी आदि 6. कवि या शायर 7. खान, खदान 8. प्रियजनों के 9. फूल जैसी सुंदर स्त्री की गली 10. स्वर्ग में वास 11. चाहने वाला 12. जिसका कोई घर नहीं 13. घर

सूरज है शोला तेरी अगन का जो जा फ़लक पर झलक लिया है
नमक ने अपने नमक कूँ खोकर तेरे नमक सूँ नमक लिया है

य' दर सूँ तेरे जो नूर चमका सो उस सूँ तारे हुए मुनव्वर[1]
यो चाँद तुझ हुस्न का जो निकला फ़लक ने तुझ सूँ उचक लिया है

तेरे दरस का य' नूर अनवर[2] जधाँ[3] सूँ रोशन हुआ है जग में
तधाँ[4] सूँ बिजली ने उस चमक सूँ उपस में अपने चमक लिया है

तेरे शकर लब की क्या सना[5] दूँ, कि लाले-जग में हो मुअज़्ज़िज़[6]
तेरे लबों की य' देख सुर्ख़ी सूँ उसने रंगो-दमक लिया है

जो खोल लट कूँ चला लटक कर, झमक-चमक कर जो मुँह दिखाया
सो लट कूँ देखे 'वली' अटक कर, सजन नमन उस्कूँ हटक[7] लिया है

आज दिसता[1] है हाल कुछ का कुछ
क्यूँ न गुज़रे ख़याल कुछ का कुछ

दिले-बेदिल कूँ आज करती है
शोख़ चंचल की चाल कुछ का कुछ

मुझ कूँ लगता है ऐ परी पैकर[2]
आज तेरा जमाल कुछ का कुछ

असर ये बादे-जवानी का है
कर गया हूँ सवाल कुछ का कुछ

ऐ 'वली' दिल कूँ आज करती है
बू-ए-बाग़े-विसाल[3] कुछ का कुछ

---

1. दिखता 2. परियों जैसे सुंदर शरीर वाले 3. मिलन-उपवन की ख़ुशबू

कूचा-ए-यार ऐन कासी[1] है
जोगयी[2] दिल वहाँ का वासी है

पी के वीराग[3] की उदासी सूँ
दिल में वीरानी-ओ-उदासी है

ऐ सनम, तुझ जबीं उपर यो ख़ाल[4]
हिन्दू ये हरद्वार वासी है

ज़ुल्फ़ तेरी है मौज जमना की
तिल नजिक उसके[5] ज्यूँ सनियासी है

घर तेरा है जो रश्के-देवले-चीं[6]
उसमें मुद्दत सूँ दिल उपासी[7] है

यो सियह ज़ुल्फ़ तुझ जनख़दाँ पर[8]
नागनी ज्यूँ कुएँ पे प्यासी है

तासे-ख़ुर्शीद[9] ग़र्क़[10] है जब सूँ
बर[11] में तेरे लिबासे-तासी है[12]

जिसकी गुफ़्तार में[13] नहीं है मज़ा
सुख़न उसका तआए-बासी[14] है

ऐ 'वली' जो लिबास तन पे रखा
आशिक़ाँ के नजिक[15] लिबासी है

---

1. हू-ब-हू काशी जैसा 2. जोगिया 3. बैराग 4. माथे ऊपर यह तिल 5. उसके नज़दीक
6. जिससे देवालय या मंदिर को ईर्ष्या हो 7. उपासा या व्रत किए हुए 8. टुड्डी पर 9. सूरज
का थाल 10. डूबा हुआ 11. ऊपर 12. जड़ाऊ कपड़ों की पोशाक 13. बातचीत में 14. बासी,
जो ताज़ा न हो 15. नज़दीक

उस सर्वे-ख़ुशअदा कूँ[1] हमारा सलाम है
उस यारे-बेवफ़ा कूँ हमारा सलाम है

लेता नहीं सलाम हमारा हिजाब सूँ[2]
उस साहबे-हया कूँ[3] हमारा सलाम है

उस बाज[4] दिल में मेरे दूजा नैं है मुद्दआ
उस दिल के मुद्दआ कूँ हमारा सलाम है

नाज़ो-अदा सूँ दिल कूँ मेरे मुब्तला[5] किया
उस नाज़नीं पिया कूँ हमारा सलाम है

आराम जानो-दिल है 'वली' जिसका देखना
उस जाने-दिलरुबा कूँ हमारा सलाम है

---

1. ख़ुशअदा माशूक़ को 2. घूँघट या पर्दे से 3. लाजवंती को 4. बिना 5. बेबस

मुफ़्लिसी[1] सब बहार खोती है
हुस्न का ऐतबार[2] खोती है

क्यूँकि हासिल हो मुझकूँ ज़मीअत[3]
ज़ुल्फ़ तेरी क़रार खोती है

हर सहर[4] शोख की निगह की शराब
मुझ अँख्याँ का[5] ख़ुमार खोती है

क्यूँकि मिलना सनम का तर्क़ करूँ[6]
दिलबरी[7] इख़्तियार[8] खोती है

ऐ 'वली' आब[9] उस परीरू[10] की
मुझ सीने का ग़ुबार[11] खोती है

---

1. गरीबी, दैन्यता 2. भरोसा 3. तसल्ली, इत्मीनान 4. सुबह 5. मेरी आँखों का 6. परित्याग करूँ 7. माशूक़ी 8. हक़, अधिकार 9. आभा 10. माशूक़ 11. गर्द-ग़ुबार

जिसे इश्क़ का तीर कारी[1] लगे
उसे ज़िन्दगी क्यूँ न भारी लगे

न छोड़े मुहब्बत दमे-मर्ग लग[2]
जिसे यारे-जानी सूँ यारी[3] लगे

न होवे उसे जग में हर्गिज़ क़रार[4]
जिसे इश्क़ की बेक़रारी लगे

हर इक वक़्त मुझ आशिक़े-पाक कूँ[5]
पियारे तिरी बात प्यारी लगे

'वली' कूँ कहे तू अगर यक वचन[6]
रक़ीबाँ के[7] दिल में कटारी लगे

---

1. पूरी तरह, गहरा 2. मरते दम तक 3. माशूक़ से इश्क़ 4. राहत 5. निर्दोष प्रेमी को 6. वादा
7. दुश्मनों के

किया मुझ[1] इश्क़ ने ज़ालिम कूँ अब आहिस्ता आहिस्ता
कि आतिश गुल कूँ[2] करती है गुलाब आहिस्ता आहिस्ता

वफ़ादारी ने दिलबर की बुझाया आतिशे-ग़म[3] कूँ
कि गरमी दफ़ा[4] करता है गुलाब आहिस्ता आहिस्ता

अजब कुछ लुत्फ़[5] रखता है शबे-ख़ल्वत में गुलरू सूँ[6]
ख़िताब आहिस्ता आहिस्ता जवाब आहिस्ता आहिस्ता

मेरे दिल कूँ किया बेखुद[7] तेरी अँख्याँ ने आख़िर कूँ
कि ज्यूँ बेहोश करती है शराब आहिस्ता आहिस्ता

हुआ तुझ इश्क़ सूँ ऐ आतशी रू[8] दिल मेरा पानी
कि ज्यूँ गलता है आतिश सूँ गुलाब आहिस्ता आहिस्ता

अदा ओ नाज़ से आता है वो रोशन जबीं घर सूँ[9]
कि ज्यूँ मशरिक़ सूँ[10] निकले आफ़ताब आहिस्ता आहिस्ता

'वली' मुझ दिल में आता है ख़्याले-यारे-बेपर्वा[11]
कि ज्यूँ अँख्याँ मने आता है ख़्वाब आहिस्ता आहिस्ता

---

1. मेरे 2. गरमी फूल को 3. दुख की आग 4. दूर करता है 5. आनंद, मज़ा 6. रात के एकांत में माशूक़ से 7. आपे से बाहर 8. ऐ अग्निधर्मी, आग जैसे दिल वाला 9. वह उजले माथे वाले घर से 10. पूरब से 11. बेपरवाह प्रेमी का ख़याल या ध्यान

हुए हैं राम पीतम के नयन आहिस्ता आहिस्ता
कि ज्यूँ फाँदे में आते हैं हिरन आहिस्ता आहिस्ता

मिरा दिल मिस्ल परवाने[1] के है मुश्ताक़[2] जलने का
लगी उस शम्अ सूँ आख़िर लगन आहिस्ता आहिस्ता

गरेबाँ सब्र का[3] मत चाक कर ऐ ख़ातिरे-मिस्कीं[4]
सुनेगा बात वो शीरीं वचन[5] आहिस्ता आहिस्ता

गुलो-बुलबुल के सौदे में खलल होवे तो बरजा है
चमन में जब चले वो गुलबदन आहिस्ता आहिस्ता

'वली' सीने में मेरे पंजा-ए-इश्क़े-सितमगर ने[6]
किया है चाक दिल का पैरहन[7] आहिस्ता आहिस्ता

---

1. परवाने की भाँति 2. इच्छुक 3. धैर्य का गिरहबान 4. सीधे-सादे लोगों द्वारा सम्मानित
5. मधुरभाषी 6. सितमगर के इश्क़ के पंजे ने 7. लिबास

ग़फ़लत में वक़्त अपना न खो, हुश्यार हो हुश्यार हो
कब लग रहेगा ख़्वाब में, बेदार हो बेदार हो[1]

गर देखना है मुद्दआ[2] उस शाहिदे-मानी का रू[3]
ज़ाहिरपरस्ताँ सूँ[4] सदा बेज़ार हो बेज़ार हो

ज्यूँ चतुर, दाग़े-इश्क़[5] कूँ रख सर पे अपने अव्वलन[6]
तब फ़ौजे-अहले-दर्द का[7] सरदार हो सरदार हो

वो नौबहारे-आशिक़ाँ[8] है ज्यूँ सहर जग में अयाँ[9]
ऐ दीदा वक़्ते-ख़्वाब नैं[10] बेदार हो बेदार हो

मत्ले[11] का मिस्रा ऐ 'वली', विर्दे-ज़बाँ कर[12] रात-दिन
ग़फ़लत में वक़्त अपना न खो, हुश्यार हो हुश्यार हो

---

1. होश में आ, जाग 2. मंशा, इरादा 3. सार्थक बातें करने वाले का चेहरा 4. फ़ालतू लोगों से
5. प्रेम का दाग़ 6. पहले 7. दुखी लोगों के हुजूम या फ़ौज का 8. आशिक़ों की नयी बहार
9. जैसे दुनिया में सुबह होती है 10. स्वप्नमग्न आँखें नहीं 11. ग़ज़ल के पहले शे'र की पंक्ति
12. रटो, दुहरावो

सोहबते-ग़ैर[1] में जाया न करो
दर्दमंदाँ कूँ कुढ़ाया न करो

हक़परस्ती[2] का अगर दावा है
बेगुनाहों कूँ सताया न करो

अपनी ख़ूबी के अगर तालिब[3] हो
अपने तालिब कूँ जलाया न करो

है अगर ख़ातिरे-उश्शाक़[4] अज़ीज़[5]
ग़ैर कूँ दरस दिखाया न करो

मुझकूँ तुर्शी[6] का है परहेज़ सनम
चीने-अबरू[7] कूँ दिखाया न करो

दिल कूँ होती है सजन बेताबी
ज़ुल्फ़ कूँ हाथ लगाया न करो

निगाहे-तल्ख़ सूँ अपनी ज़ालिम
ज़हर का जाम पिलाया न करो

हमको बर्दाश्त नहीं ग़ुस्से की
बेसबब[8] ग़ुस्से में आया न करो

पाकबाज़ों[9] में है 'वली' मशहूर
उससूँ चेहरे को छुपाया न करो

---

1. ऐरे-गैरों से मेलजोल 2. सत्य में भरोसा 3. इच्छुक हो 4. आशिक़ों की क़द्र 5. प्रिय
6. वैरभाव 7. टेढ़ी भौंहें 8. बिना वजह 9. पवित्र, सात्विक, सच्चरित्र

हर रात अपने लुत्फ़ो-करम सूँ[1] मिला करो
हर दिन को ईद बूझ गले सूँ लगा करो

वादे किये थे रात को आऊँगा सुबह में कूँ
ऐ मेहरबान वादे सूँ अपने वफ़ा करो

यक मुझकूँ हमकलाम[2] रखे तुझ सूँ रात दिन
इस बात सूँ मुदाम[3] रक़ीबाँ[4] जला करो

कब लग रखोगे तर्जे-तग़ाफ़ुल कूँ दिल मनें[5]
टुक कान धर के[6] हाल किसी का सुना करो

जब लग है आसमानो-ज़मीं जग में बरक़रार
ज्यूँ फूल इस जहाँ के चमन में हँसा करो

आया हूँ एहतियाज ले[7] तुझ पास ऐ सनम
अपने लबाँ के खिज़्र सूँ हाजत[8] रवा करो

यक बात है 'वली' की, सुनो कान धर सजन
मेरी अँख्याँ के बाग़ में दायम[9] रहा करो

---

1. कृपापूर्वक 2. बातचीत करने वाला 3. रात-दिन 4. रक़ीब (दुश्मन) का बहुवचन 5. मन में उपेक्षा का भाव रखोगे 6. ज़रा ध्यानपूर्वक 7. ज़रूरत से 8. अभिलाषा 9. नित्य

ख़ूबरू ख़ूब काम करते हैं
यक निगह में गुलाम करते हैं

देख ख़ूबाँ कूँ वक़्त मिलने के
किस अदा सूँ सलाम करते हैं

क्या वफ़ादार हैं कि मिलने में
दिल सूँ सब राम राम करते हैं

आर्जू ख़ूबरू के मिलने की
आशिक़ाँ सुबहो-शाम करते हैं

कमनिगाही से देखते हैं वही
काम अपना तमाम करते हैं

खोलते हैं जब अपनी जुल्फाँ कूँ
सुबहे-आशिक़ कूँ[1] शाम करते हैं

दिल लिजाते हैं[2] ऐ 'वली' मेरा
सर्वे क़द जब ख़राम करते हैं[3]

---

1. आशिक़ों की सुबह को 2. ले जाते हैं 3. लम्बे, छरहरे कद वाले जब चलते-फिरते हैं

आशिक़ के मुख पे नैन के पानी कूँ देख तूँ
इस आरसी में[1] राज़े-निहानी कूँ[2] देख तूँ

सुन बेक़रार दिल की अव्वल[3] आहे-शोलाख़ेज़[4]
तब उस हर्फ़ में[5] दिल के मआनी कूँ[6] देख तूँ

ख़ूबी सूँ तुझ हुज़ूर शम्अ दम जनी में है[7]
इस बेहया की चर्बे-जवानी[8] कूँ देख तूँ

दरिया पे जाके मौजे-रवानी पे[9] नज़र न कर
अँझवा की[10] मेरे आके रवानी कूँ देख तूँ

तुझ शौक़ को[11] जो दाग़ 'वली' के जिया में है
बेताक़ती में[12] उसकी निशानी कूँ देख तूँ

---

1. दर्पण में 2. छिपे रहस्य को 3. पहले 4. जलती हुई गर्म आह 5. अक्षर, शब्द 6. अर्थ
7. तेरे शानशौकत की ख़ूबी से शमा लहक लहक कर रौशन है 8. चढ़ती जवानी 9. लहरों के प्रवाह को
10. आँसुओं की 11. तेरे इश्क़ के लिए 12. बेबसी के क्षणों में

मेरी तरफ़ सूँ जाके कहो उस हबीब सूँ[1]
गर मुझकूँ चाहता है तो मत मिल रक़ीब[2] सूँ

मत ख़ौफ़ कर तू मुझसे ऐ दिलदार मेहरबाँ
आज़ार[3] नैं है गुल कूँ कभू अंदलीब सूँ

मत राह दे रक़ीबे-सियहरू को[5] ऐ सनम
वाजिब है एहतराज़[6] बलाए-मुहीब सूँ

पूछो नबी तबीब कूँ[8] मुझ दर्द का इलाज
बीमार कूँ बिरह के गर्ज़ तैं तबीब[9] सूँ

उस बेवफ़ा की तर्ज़ सूँ शिकवा नहीं 'वली'
है जंग रात-द्घौस मुझे मुझ नसीब सूँ

---

1. मित्र, यार 2. प्रतिद्वंद्वी, विरोधी 3. परहेज़ 4. बुलबुल से 5. दिल के काले प्रतिद्वंद्वी को
6. परहेज़, आपत्ति 7. विकट मुसीबत से 8. हकीम से 9. इलाज

दिल हुआ है मेरा ख़राबे-सुख़न
देखकर हुस्ने-बेहिजाबे-सुख़न

बज़्मे-मानी में सरख़ुशी है उसे
जिसकूँ है नश्शा-ए-शराबे-सुख़न

राहे-मज़्मून ताज़ा बंद नहीं
ता क़यामत खुला है बाबे-सुख़न

जल्वा पैरा हो शाहिदे-मानी
जब ज़बाँ से उठे नक़ाबे-सुख़न

गौहर उसकी नज़र में जानाँ करे
जिनने देख्या है आबो-ताबे-सुख़न

हर जा गो याँ कि बात क्योंकि सुने
जो सुन्या नग़्मा-ए-रबाबे-सुख़न

है तेरी बात ऐ नज़ाक़तफ़हम
लूहँ, दीबाचा-ए-किताबे-सुख़न

है सुख़न जग मनें अज़ीमुल मिस्ल
जुज़ सुख़न दूजा नैं जवाबे-सुख़न

लफ़्ज़ रंगी हैं, मत्ला है रंगीं
नूर मानी है आफ़ताबे-सुख़न

शेर‍फ़हमाँ की देख कर गरमी
दिल हुआ है मिरा कबाबे-सुख़न

उर्फ़ी[1] ओ अन्वरी[2] ओ ख़ाकानी[3]
मुझको देते हैं सब हिसाबे-सुख़न

ऐ 'वली' दर्दे-सर कभू न रहे
जब मिले संदलो-गुलाबे-सुख़न

यह 'वली' की सबसे मुश्किल ग़ज़ल मानी जाती है। इसमें अच्छी और ख़राब कविता के बीच की खूबियों और खामियों की व्याख्या की गई है।
1, 2, 3. फ़ारसी के पुराने शायर

दिल लिजा[1] तुझ कूँ दिलबरी की[2] क़सम
खोल अँख्याँ[3] को साहिरी की[4] क़सम

बैत बरजुश्ता मानि-ए-रंगीं[5]
है तेरी चश्मे-अम्बरी की क़सम[6]

है बहुत झलमलाहट तुझ रुख़ पर
मुझको तुझ चीर-ए-ज़री की[7] क़सम

है तसव्वुर[8] तिरा मिरे दिल में
रात दिन, शीशा-ओ-परी[9] की क़सम

टुक 'वली' कूँ सनम गले से लगा
तुझकूँ है बंदापरवरी की[10] क़सम

---

1. ले जा 2. प्रेम-भावना 3. आँखें 4. भोर की, सुबह की 5. चुलबुले अर्थों वाला तुरत कहा
गया शे'र 6. अम्बरी आँखों की क़सम 7. तेरे ज़री के दुपट्टे की 8. छवि, ध्यान 9. जामो-
शराब 10. भक्तों पर दया करने की दृष्टि

शराबे-शौक़ सूँ सरशार हैं हम
कभू बेख़ुद, कभू हुशियार हैं हम

दोरंगी सूँ तेरी, ऐ सर्वे-राना[1]
कभू राज़ी, कभू बेज़ार हैं हम

तिरी तस्ख़ीर[2] करने में सरीजन[3]
कभी नादाँ, कभी ऐयार[4] हैं हम

सनम तेरे नयन की आर्ज़ू में
कभू सालम[5], कभी बीमार हैं हम

'वली' वस्लो-जुदाई सूँ सनम की
कभी सहरा[6], कभू गुलज़ार[7] हैं हम

---

1. ऐ सनोवर की ख़ूबसूरती, सनोवर जैसी ख़ूबसूरत 2. मुग्ध या मोहित करने में 3. सुंदरी, परी जैसी ख़ूबसूरत 4. चतुर, चालाक 5. निरोग 6. वीराना 7. हरे-भरे

क्यूँ न होवे इश्क़ सूँ आबाद सब हिंदोस्ताँ
हुस्न की देहली का सूबा है मुहम्मद यार खाँ

पेचो-ताबे-बेदिलाँ[1] उस वक़्त पर बेजा न जब
लटपटी दस्तार सूँ[2] आता है वो नाजुक मियाँ

दिल हुए उश्शाक़ के[3] बेताब मानिंदे-सिपंद[4]
जब वो निकले हो सवार ताज़ि-ए-आतिश अनाँ[5]

क्यों न हो बेताबिए-उश्शाक़[6] का बाज़ार गर्म
है निगाहे-शोख़ सरकश फिल्-ए-आख़िर जमाँ[7]

जिस तरफ़ हो जल्वागर वह आफ़ताबे-बेनज़ीर[8]
सुबह के मानिंद होवे रंगो-रू-गुलरुख़ाँ[9]

कब नज़र आवेगा या रब वो जवाने-सर्वे-क़द[10]
जिसके अबरू के तसव्वुर ने[11] किया मुझको कमाँ

ऐ 'वली' गर मेहरबाँ हो वो चमनआरा-ए-हुस्न
ख़ातिरे-नाशाद[12] होवे रश्के-गुलज़ारे-जनाँ[13]

---

1. बेदिलों की दिली ख़लिश 2. टेढ़ी पगड़ी पहने 3. आशिक़ों के 4. राई जैसा एक दाना जिसे नज़र उतारने के लिए आग में जलाया जाता है 5. आग की लपटों जैसी लहकती चाल वाले घोड़े पर सवार होकर जब वह निकले 6. आशिकों की बेताबी 7. गर्वोन्नत, घमंड से भरी हुई निगाह 8. बेमिसाल सूरज 9. फूल जैसी कोमल हसीनाओं का रंग-रूप 10. क़द्दावर जवान 11. जिसकी धनुष जैसी भौंहों के ख़याल ने 12. बीमारों के लिए 13. गुलज़ार के लोगों को ईर्ष्या हो

चेहरे पे है सजन के अजब नूर[1] की झलक
देखे सूँ जिस झलक के गई बिजली की चमक

लाता है नज़र आइना-ए-आफ़ताब कूँ[2]
हो मुश्तरी जमाल तेरे का[3] सजन फ़लक[4]

इस दौर में खुलासि-ए-जाँ[5] है निपट कठिन
बाँकी नयन के हाथ में ख़ंजर है हर इक पलक

पोशीदा क्यूँ जहाँ में रहे इश्क़ साफ़ क़ल्ब[6]
है उसके लाल लब के अगे ख़ूबो-बद महक

ताक़त है किसकूँ रुख़ पे तेरे कर सके निगाह
ख़ुर्शीद सूँ अधिक है तेरे चेहरे की झलक

कहते हैं शायराने-ज़मन[7] मुझ कूँ ऐ 'वली'
हर्गिज़ तेरे कलाम में हमकूँ नहीं है शक

---

1. आभा की झलक 2. सूरज के दर्पण को 3. तेरे सौंदर्य का खरीदार होकर 4. आसमान
5. ज़िन्दगी का निचोड़ 6. दिल 7. ज़माने के शायर

यही मैं माँगता हूँ रात और दिन तुझ सूँ या हाफ़िज़[1]
कि अपने हिफ़्ज़[2] में रखना हमेशा मुझकूँ या हाफ़िज़

न होवे क्यूँ जहाँ के बीच हर मुश्किल मिरी आसाँ
ज़बाने-सिद्क़ सूँ[3] मैं दम ब दम कहता हूँ या हाफ़िज़

जबीं पर[4] उनके दायम[5] जल्वागर नूरे-सआदत है[6]
किया है हाफ़िज़े-क़ुरआन[7] तूने जिस्कूँ या हाफ़िज़

वही महफ़ूज़[8] है नित गर्दिशे-दौराँ की आफ़त सूँ[9]
जो कोई विर्दे-ज़बाँ दिल[10] किया है तुझकूँ या हाफ़िज़

'वली' फिर फिर कहा है ऐतिक़ादे-साफ़ सूँ[11] हरदम
कि अपने हिफ़्ज़ में रखना हमेशा मुझकूँ या हाफ़िज़

---

1. रक्षक, रखवाला 2. हिफ़ाज़त में 3. सच्ची ज़बान से 4. मस्तक पर 5. सदैव, हमेशा 6. तेज या तेजस्विता सुशोभित है 7. *क़ुरान* कंठस्थ हो, याद हो 8. सुरक्षित 9. कालचक्र या वक़्त की उलटफेर की मुसीबतों से 10. सच्चे दिल से बार-बार तुझे याद किया है 11. निश्छल मन से

हुआ तुझ ग़म सूँ जारी शौक़ का तूमार[1] हर जानिब
हुआ है गर्म मेरे इश्क़ का बाज़ार हर जानिब

तमाशा देख ऐ लैला कि तेरे ग़म की गर्दिश में
बगोले की नमत फिरता है मजनूँ ख़्वार[2] हर जानिब

बिरह में देख कर फ़रहाद पर शीरीं को संगीं दिल
इसी फरियाद में है रात दिन कुहसार[3] हर जानिब

ज़बाने-हाल सूँ मुझकूँ कहा नरगिस ने समझा कर
कि उस अँखियाँ के हर गुलशन में हैं बीमार हर जानिब

हुआ है मस्त उसके जामे-लब सूँ बाग़ में लाला[4]
कि जिसके मुख के जलवे सूँ खुल्या गुलज़ार हर जानिब

तमस्सुक मुहर सूँ[5] उसकी रखा हूँ मेहर सूँ[6] दिल में
कि जिसके खालो-ख़त[7] की जग में है गुफ़्तार हर जानिब

तफह्हुस करके[8] देखा मैं हरेक के मदरसे में जा
उसी के हुस्न के मतलब का[9] है तक़रार हर जानिब

हर एक लबरेज़ है ख़ुम[10] तुझ मुहब्बत के असर सीती
हरेक साग़र[11] तेरी नैनाँ सूँ है सरशार[12] हर जानिब

'वली' तुझ तबा के गुलशन में जो कोई सैर करते हैं
वो तोहफ़ा कर लिजाते हैं गुल-ए-अशआर[13] हर जानिब

---

1. प्रेमाख्यान, प्रेम का वृत्तांत 2. बदहाल 3. पहाड़, परबत 4. एक फूल जिसे 'लाला' कहते हैं
5. मुहरबंद रुक्का 6. प्रेमपूर्वक 7. नाक-नक्श 8. तलाश करके 9. उसी की सुंदरता को लेकर
10. शराब का घड़ा 11. जाम, प्याला 12. मस्त 13. शे'रों का गुलदस्ता

सजन है बस कि तेरे हुस्ने-आलमगीर[1] की शोहरत
सिकंदर कूँ हुई हासिल मिसाले-आरसी[2] हैरत

चल्या दहशत सूँ डरता काँपता मशरिक़ सूँ मग़रिब कूँ[3]
फलक[4] ऊपर सुरज जब सूँ सुना तुझ हुस्न की शोहरत

न होवे मर्ग की[5] तल्ख़ी सूँ हर्गिज़ आश्ना जग में[6]
तिरी शीरीं ज़बानी का मिले आशिक़ कूँ गर शर्बत

तिरी अँख्या की गर्दिश ने[7] किया सागर कूँ सरग़र्दाँ[8]
तिरी जुल्फ़ाँ के हल्के ने[9] किया गर्दाब कूँ चकरत[10]

जगत के दिलरुबाओं का हुआ तुझमें जुहूर आकर
जुल्फ़ है किशन, रुख़ बदरी ओ लब मिसरी सुख़न अमरत

न ढूँढो शहर में फ़रहादो-शीरीं का ठिकाना तुम
कि है उश्शाक़ का मस्कन[11] कभू सहरा कभू पर्वत

'वली' कूँ ए सजन गाहे अता कर[12] भीख दरसन की
दिया है लुत्फ़ सूँ तुझकूँ ख़ुदा ने हुस्न की दौलत

---

1. दुनिया भर में फैली ख़ूबसूरती 2. दर्पण की भाँति 3. पूरब से पश्चिम को 4. आसमान
5. मृत्यु की 6. दुनियादारी 7. फैलाव, चंचलता ने 8. पथ-भ्रमित 9. घुँघराली अदा ने
10. भँवरों को चकरा दिया 11. आशिक़ों का ठिकाना 12. कभी प्रदान कर

ज़बाने-हाल[1] सूँ कहता है यूँ शमशाद[2] हर साअत[3]
पड़ेंगे क़ैद में उस क़द कूँ देख आज़ाद हर साअत[4]

बचेगा कब तलक ऐ तायरे-दिल[5] रोज़े-वहशत सूँ[6]
निगह का दाम[7] ले आता है वो सैयाद[8] हर साअत

हुआ है जब सती[9] परवाना दिल ऐ शम्अ रू तेरा
निगह तुझ चश्म की जाती है बहरे-साद[10] हर साअत

अपस की चश्मे-मैगूँ सूँ[11] दिखा कर गर्दिशे-सागर[12]
सनम करता है मेरे होश कूँ बर्बाद हर साअत

तेरा ख़त ख़ौफ़ में है हाथ सूँ मिकराज़[13] के दायम[14]
कि ज्यूँ रखता है कूदक[15] दहशते-उस्ताद[16] हर साअत

नहीं यक् आशिक़ो-माशूक़ उसके दर्द सूँ ख़ाली
गुलो-बुलबुल सूँ सुन्या हूँ यही फ़रियाद हर साअत

'वली' मुझ दिल में बसता है ख़याल उस सरू क़ामत[17] का
कि जिसके शौक़ सूँ[18] जुंबिश में[19] है शमशाद हर साअत

---

1. हालत बयान करते हुए 2. सरू का क़द्दावर दरख़्त 3. पल, क्षण 4. उस क़द को देखकर आज़ादी पसंद लोग ख़ुद को हर पल क़ैदख़ाने में पड़ा महसूस करेंगे 5. दिल रूपी परिंदा 6. उस ख़ौफ़नाक दिन से 7. जाल, फंदा 8. बहेलिया, शिकारी, जालिम 9. से 10. आँख रूपी समुद्र 11. अपनी सुर्ख़ आँखों से 12. असीम या लम्बे-चौड़े समुद्र को दिखाकर 13. कैंची 14. सदैव 15. मसविदा 16. उस्ताद का डर, भय 17. क़द्दावर माशूक़ 18. इश्क़ से 19. तना हुआ, सीधा खड़ा है

तुझ मुख का रंग देख कँवल जल में जल गये
तेरी निगाहे-गरम सूँ गुल गल-पिघल गये

हर यक़ कूँ काँ है ताब[1] जो देखे तिरी तरफ़
शेराँ तिरी निगाह की दहशत सूँ टल गये

साक़ी तिरे जमाल की काँ लग बयाँ करूँ
जिस पर क़दम निगाह के अक्सर फिसल गये

मरने सूँ पहले जो कि मरे इस जगत मनें[2]
तस्वीर की नमत[3] वो खुदी सूँ निकल गये

पाये जो कुई लज़्ज़ते-दीं[4] जग में ऐ 'वली'
वो हात अपस[5] दुनिया मनें हसरत सूँ मल गये

---

1. साहस या हिम्मत कहाँ है 2. में 3. भाँति, तरह 4. जो कोई दीन-ईमान की लज़्ज़त का आनन्द पाए 5. अपने हात

तुझ इश्क़ की अगिन सूँ सजन जल गया हूँ मैं
तेरी गली की ख़ाक सूँ जा मिल गया हूँ मैं

तुझ सोज़ में[1] जल्या है जो दिल शमा की नमन[2]
परवाना होके उसके उपर बल गया हूँ मैं

ऐ आफ़ताब, देख तेरे मुख की रोशनी
बेताब होके मह के नमन[3] गल गया हूँ मैं

यो फिर के देखना तेरा मुझ दिल पे घात है
तेरी निगह की रम्ज़ कूँ[4] अटकल[5] गया हूँ मैं

तुझ दिल का देख सोज़ अधिक ऐ 'वली' मुदाम[6]
बोला पतंग[7] हात कूँ याँ मल गया हूँ मैं

---

1. गरमी में 2. तरह 3. चाँद की तरह 4. इशारे को 5. ठिठक, ठहर 6. हरदम 7. पतिंगा

सजन तुझ कान में बाली कहो ये कब सूँ डाली है
न कर बदनाम पीरों कूँ, न कह पीरों की बाली है

कुई मक़्सूद है[1] दुनिया, कुई मत्लूबे-जन्नत[2] है
मुझे मक़्सूद दुनिया में मेरे पीतम की गाली है

सितारे बख़्त के[3] मेरे अजीज़ाँ आज रौशन है
कि उस आगोश में दिन-रात अबरू-ए-हिलाली[4] है

सजन तू जा न मक़्तब में[5], डरता हूँ मुअल्लिम[6] सूँ
कि उस दिन हाथ में अपने मुअल्लिम ले दवाली[7] है

'वली' हैरान हैं याराँ अजब अपने तमाशे पर
उधर पीतम की गाली है, इधर छोरों की ताली है

---

1. दुनियादारी की फ़िक्र 2. जन्नत यानी स्वर्ग की कामना करता है 3. क़िस्मत के सितारे
4. हँसियादार चाँद जैसी भौंहें 5. मदरसे में 6. उस्ताद, मौलवी 7. बेंत, छड़ी

तिरे बिन मुझकूँ ऐ साजन यो घर और बार करना क्या
अगर तू न अछे[1] मुझकूँ तो यो संसार करना क्या

मुँड़ी गरदन मने भाकर अपस के आप[2] मुंसिफ़[3] हो
निगारा[4] पूछो यक् यक् कर इत्ता बेजार करना क्या

अगे जब सूँ न आने की थी मंशा मन में तुमना के
तो मुझ सी दुख-भरी सूँ फिर झूठा इकरार[5] करना क्या

पत्यारा[6] मैं तिरे कहने का, चुप हैरान करना है
जो मन में नहींछ[7] मिलने का, तो फिर तकरार[8] करना क्या

तेरे आने की बाट ऊपर बिछाया हूँ मैं आँख्या कूँ
तू बेगी आ, कि तुझ बिन मुझकूँ ये घर-बार करना क्या

तुम्हें मिलने सूँ गर अपने सुहागन ना करोगे मुझ
तो जूड़ा गुजकरी[9] का और करेला धार करना क्या

जो कुई जाले[10] पिरित की आग में तन मन कूँ यूँ अपने
'वली', संगम बिना, ऐसे कूँ फिर आधार करना क्या

---

1. चाहे, पसंद करे 2. हिलाकर खुद आप 3. फ़ैसला सुनाने वाला, जज 4. जानेमन, माशूक़ाओं
5. वादा 6. हैरान परेशान 7.नहीं ही 8. झगड़ा, झंझट, बहस 9. जूड़ा बनाना या सजाना 10. जलाये

होश खोती है नाज़नीं की अदा
सहर[1] है सर्व गुल जबीं[2] की अदा

गर है मतलूब[3] तुझकूँ नक़्शे-मुराद[4]
देख उसकी भवाँ की चीं[5] की अदा

होश मेरा रह्या नहीं मुझमें
जब से देख्या हूँ नाज़नीं की अदा

मौजे-दरिया[6] कूँ देखने मत जा
देख उस ज़ुल्फ़े-अम्बरीं[7] की अदा

ऐ 'वली' दिल कूँ आब[8] करती है
निगाहे-चश्मे-शर्मगीं   की   अदा[9]

---

1. सुबह 2. सरू के फूल जैसे माथे की 3. चाहिए, ख़्वाहिश 4. तावीज 5. भौंहों के बल 6. नदी की लहरों को 7. अम्बरी ख़ुशबू वाले केश 8. ताज़ा, ख़ुश 9. शर्मीली आँखों की निगाह की अदा

है फ़ैज़ सूँ जहाँ के[1] दिल का फ़राग़[2] मेरा
मरहम सूँ नैं[3] हुआ है मुहताज दाग़ मेरा

असबाब सूँ दुनिया के बेग़र्ज़ हूँ सदा मैं
बिन तेल हौर बत्ती है रौशन चिराग़ मेरा

वो माह जल्वागर हो[4] दिल कूँ किया मुनव्वर[5]
है आज आस्माँ सूँ ऊपर दिमाग़ मेरा

मुझ दिल के चमन में आ, कर यक् नज़र तमाशा
दाग़ाँ की है गुलाँ सूँ[6] रौशन यो बाग़ मेरा

अज़ बसकि ज़िन्दगी में गुमनाम हूँ 'वली' मैं
मुश्किल हुआ अजल[7] कूँ करना सुराग़[8] मेरा

---

1. दुनिया के कल्याण से 2. चैन-सुकून 3. नहीं 4. वह चाँद प्रकट होकर 5. प्रकाशित, आलोकित
6. फूलों के दागों या टिब्बों या कुमकुमों से 7. काल, यमराज, मृत्यु 8. ढूँढ़ना, पता करना

तुझ ग़म्ज़ा-ए-ख़ूँरेज[1] सूँ लड़ कौन सकेगा
तुझ नाज़ सितमगर सूँ झगड़ कौन सकेगा

तुझ हुस्न के बाज़ार में दीवाना-ए-दिल कूँ[2]
बिन जुल्फ़ की ज़ंजीर जकड़ कौन सकेगा

फिरती है सियह मस्त[3] हो शमशीर नज़र ले
बिन नींद उस अँख्याँ कूँ पकड़ कौन सकेगा

हैं ख़िज़र[4] के चश्मे सूँ तेरे लब यो लबालब
बिन सब्ज़ा-ए-ख़त[5] उसकूँ अँपड़ कौन सकेगा

तुझ जुल्फ़ का विस्तार लिखा आज 'वली' ने
उस सहर के तूमार[6] कूँ पड़ कौन सकेगा

---

1. क़ातिल स्वभाव 2. दीवाने दिल को 3. स्याही मस्ती 4. एक पैगम्बर, जिसकी उपमा बेहद ख़ूबसूरत शख़्स से दी जाती है, कैस्पियन सागर को भी ख़िज्र कहते हैं 5. नौजवानी के बाल और दाढ़ी 6. लम्बे-चौड़े उद्यान (बाग)

जब सूँ देख्या हूँ ज़ुल्फ़ की मैं लट
याद में उसकी तन गया सब घट

होश उड़कर गया है मेरा देख
पेच चेहरे तिरे की सब लटपट

जावे तुझ मुख अँगे सूँ रुस्तम टल
गर वो गम्ज़े[1] तेरे का देखे हट

और नैं काम मुझकूँ कुछ साजन
इश्क़ तेरे का नित है मुझ खटपट

हिज्र[2] तेरे सूँ ऐ परी पैकर
अश्क पड़ते हैं चश्म से पटपट

ख़ाक मुख पर लगा के जोगी हो
लेके बैठा हूँ तुझ विरह की मट[3]

तुझ बिना अब नहीं मुझे ताक़त
कब तलक ज्यु करूँ अपस का खट

तब सूँ मजनूँ नमन हो[4] फिरता हूँ
जब सूँ तुझ मुख की मुझ लगी है चट

अब 'वली' पर पिया रहम कर तू
कब तलक उस सती[5] करेगा हट!

---

1. नाज़ और अदा 2. बिछोह 3. मठ 4. की तरह 5. से

है जल्वागर सनम में बहारे-अताब[1] आज
लेता है उसके नाज़ो-अदा का हिसाब आज

आलम का होश क्यों के रहेगा अजब हूँ मैं
यकता[2] है उसकी नयन सूँ रंगे-शराब आज

क्या नाज़ औ क्या ग़ुरूर है उस नौबहार[3] में
देता नहीं सलाम का मेरे जवाब आज

क्यों मूँ नमन जईफ़[4] न हूँ ग़म सूँ ऐ सनम
तेरी कमर ने मुझकूँ किया पेचो-ताब[5] आज

उसकी निगाहे-मस्त सूँ मालूम यूँ हुआ
अक्सर करेगी ख़ान-ए-आशिक़ ख़राब आज

ऐजाज़े-हुस्न[6] देख के वो रोये बा अरक़
पैदा किया है चश्मा-ए-आतिश[7] सूँ आब आज

क्या बेख़बर हुआ है मुअल्लिम[8] सनम कूँ देख
मक्तब में उसके भूल गया है कि ताब आज

मालूम नैं कि हाथ में शमशीर ले सनम
आता है किसके क़त्ल कूँ ईता शिताब[9] आज

क्यूँ आर्ज़ू-ए-वस्ल करूँ उस सूँ ऐ 'वली'
देता नहीं है नाज़ सूँ सीधा जवाब आज

---

1. ग़ुस्से की रौनक 2. बेमिसाल 3. नये बसंत जैसी ख़ूबसूरत 4. शक्तिहीन, बूढ़ा 5. ग़ुस्सा, क्रुद्ध 6. सुंदरता की करामात 7. आग का दरिया 8. मुदर्रिस, शिक्षक 9. उत्तेजित, अकड़ा हुआ

है हुस्न के मुलक में सजन तुझ कूँ राज आज
ख़ुश दिलबरी का तुझ कूँ मिल्या तख़्तो-ताज आज

उस नाज़ हौर अदा के तज़म्मुल कूँ[1] देख के
सब दिलबराँ ने आके दिया तुझ कूँ बाज[2] आज

परवाना बन के क्यूँ न गिरे चाँद चर्ख़ सूँ[3]
फ़ानूसे-दिल में शौक़ तेरा है सिराज[4] आज

तुझ जुल्फ़ की ज़ंजीर पे रख दाँत फीले-मस्त[5]
किस भेद सूँ कँधी कूँ[6] किया आके बाज[7] आज

मक़्सूद[8] दोजहाँ मने मेरा तो तूँछ[9] है
जग में नहीं किसी सूँ तेरे बाज़[10] काज आज

लब में तिरे मफ़र-ए-क़ुव्वत[11] है ऐ सजन
बीमार दिल मेरे कूँ वहीं है इलाज आज

वो शोख़ मुझकूँ आके मिल्या इस सबब[12] 'वली'
शादी में उसकी सर्फ़ किया[13] हूँ मैं लाज आज

---

1. वैभव 2. चौथ, ख़िराज 3. आकाश मंडल से 4. चिराग़ 5. मस्त हाथी 6. कहाँ को 7. फेरा 8. लक्ष्य
9. तू ही 10. बिना 11. बचाव या इलाज की सामर्थ्य 12. लिए 13. लुटाया

देखे सूँ तुझ लबाँ के उपर रंगे-पान आज
चूना हुए हैं लाले-रुख़ाँ[1] के परान आज

निकल्या है बेहिजाब[2] हो बाज़ार की तरफ़
हर बुलहवस[3] की गर्म हुई है दुकान आज

तेरे नयन की तेग सूँ ज़ाहिर है रंगे-ख़ूँ
किसकूँ किया है क़त्ल ऐ बाँके पठान आज

आख़िर कूँ रफ़्ता रफ़्ता[4] दिले-ख़ाकसार ने[5]
तेरी गली में जाके किया है मकान आज

क्यूँ दायरे सूँ जुहराजबीं के निकल सकूँ
यक तान में लिया है मेरे दिल कूँ तान आज

मेरे सुखन कूँ गुलशने-मानी का बूझ गुल
आशिक़ हुए हैं बुलबुले-रंगीं बयान आज

जोधा जगत के क्यूँ न डरें तुझ सूँ ऐ सनम
तरकस में तुझ नयन के हैं अर्जुन के बान आज

शोले कूँ दिल के सहज है जाना फलक उपर
बरपा किया हूँ आह सूँ मैं नर्दबान[6] आज

क्यूँकर रखूँ मैं दिल कूँ 'वली' अपने ख़ींच कर
नैं दस्त अख़ितयार में मेरे उनान[7] आज

---

1. लालारुख़, हसीन चेहरे 2. बेपर्दा 3. हुस्न के लालची 4. धीरे-धीरे 5. विनयशील हृदय
6. सीढ़ी, ज़ीना 7. उपाय तलाश करना मेरे हाथ में नहीं, बेबस

तुझ गुलबदन पे जग के हुए गुल अज़ारबंद[1]
गुलशन में तुझ बहार के है नौबहार बंद

गुलज़ार में लटक[2] के चले गर तू यक् क़दम
मानिंदे-आब[3] आईना हो जू-ए-बार बंद[4]

माली ने तुझ जमाल के गुलशन कूँ देखकर
बेचा लिजा के शहर में फूलाँ के हारबंद

तेरी नयन में देख मैं आहू कूँ मुब्तिला[5]
बूझा कि तुझ नयन में है वहशतशुआर[6] बंद

है तुझ शिकारबंद[7] की हरयक् कूँ आर्जू
ख़ुश वो शिकार जिनकूँ मिले यो शिकारबंद

तुझ क़द कूँ देख सरू है गुलशन में पा ब गिल[8]
आज़ाद याँ हुआ है सो बेइख़्तियार[9] बंद

उम्मीद मुझ कूँ यूँ है 'वली' क्या अजब अगर
इस रेख़्ते को[10] सुन के हो मानी निगार बंद[11]

---

1. मुँह बंद, मूक 2. रुक-रुककर 3. पानी की तरह 4. धुँधला 5. हिरन की भाँति मुग्ध
6. भयग्रस्त, डरे हुए 7. शिकारी 8. हक्का-बक्का 9. बेबस 10. शे'र अर्थात् शायरी वाला शे'र
11. मूर्ति की भाँति बेहरकत, ठगा हुआ सा

तेरी निगह की सख़्ती है दिलबरी के मानिंद[1]
तेरी निगाह मौज़ूँ है अबहरी[2] के मानिंद

ज़ाहिर नहीं किसू पर तुझ लाल[3] की हक़ीक़त
वाक़िफ़ हुआ हूँ उस सूँ मैं जौहरी के मानिंद

हरचंद रंगे-ज़र्दी[4] हासिल है आशिक़ाँ कूँ
लेकिन शिगुफ़्ता रू[5] हैं गुले-जाफरी के[6] मानिंद

ताक़त नहीं किसी कूँ ता उस सनम कूँ देखे
आलम की है नज़र सूँ पिनहाँ[7] परी के मानिंद

यो रेख़्ता[8] 'वली' का जाकर उसे सुनाओ
रखता है फिकर रौशन[9] जो अनवरी के[10] मानिंद

---

1. की भाँति 2. नर्गिस का इत्र 3. एक कीमती पत्थर 4. हर हाल में निराशा और उदासी
5. ख़ुश, संतुष्ट, ताजा दम 6. एक पीले रंग का फूल 7. समाया हुआ 8. शे'र 9. सचेत,
होशमंदी 10. अत्यंत प्रकाशमान

ऐ शकरलब कंद सूँ[1], तुझ लब की बाताँ हैं लज़ीज़
हर्फ़[2] तेज़ उसके हैं जैसे हल्वा-ए-सोहाँ[3] लज़ीज़

दिल कूँ फ़रहतबख़्श[4] है दायम[5] तेरे ग़म का हुजूम
साहबे-हिम्मत[6] कूँ नित है कसरते-मेहमाँ[7] लज़ीज़

मत हर इक ना-अहल[8] के मिलने सूँ राज़ी हो सनम
है नसीहत तल्ख़ ज़ाहिर लेक[9] है पिनहाँ[10] लज़ीज़

लज़्ज़ते-मानी[11] नहीं कुछ लज़्ज़ते-ज़ाहिर[12] सूँ कम
हर्फ़ बा मानी[13] है जैसे बोसा-ए-ख़ूबाँ[14] लज़ीज़

ऐ 'वली' तर्के-अलायक़[15] दिल कूँ लज़्ज़तबख़्श है
ज्यूँ है दुनियादार कूँ फ़िक्रे-सरोसामाँ[16] लज़ीज़

---

1. शकरकंद जैसे मधुर अधरों से 2. शब्दाक्षर 3. सोहन हलवा 4. खुशी से भरने वाला
5. हरदम 6. अतिथि प्रेमी, मेहमानवाज़ 7. अतिथि-सत्कार 8. अनुपयुक्त, अयोग्य 9. लेकिन
10. सारतत्व 11. अर्थ का आस्वाद 12. दिखावटी स्वाद 13. सार्थक 14. सुंदरियों का चुंबन
15. दुनियादारी और विषय-वासना से दूर रहना 16. सामान की फ़िक्र

कीता है नज़र जब सती उस रश्कपरी[1] पर
बाँध्या है जु कुई जीव कूँ[2] उस छंद-भरी पर

देखे हैं तेरे दाग़ के जल्वे कूँ जिगर पर
क्या ख़ूब उस नक्शे-अकीक[3] जिगरी पर

चंचल ने नज़रे-नाज़ से आहू[4] पे किया नैं
क़ुर्बाँ हुआ उस चश्म की बालानज़री[5] पर

हमवार किया आप उपर तर्के-वफ़ा कूँ
बाँध्या है कमर नाज़ सूँ अब हीलाभरी[6] पर

बूझा है 'वली' तब सीती[7] मोहन ने सूरज कूँ
कीता है नज़र सब सीती[8] दस्तारे-जरी[9] पर

---

1. जो सुंदरी परियों की सुंदरता को लज्जित करे, अपूर्व सुंदरी 2. जैसे अपनी आत्मा को आबद्ध कर दिया है 3. ताबीज 4. मृग, हिरन 5. नज़र या दृष्टि 6. बहानेबाज़ 7. तभी से 8. सब कुछ 9. जवांमर्द की पगड़ी

आज जाँ के उपर सितम मत कर
इस क़दर सख़्ती ऐ सनम मत कर

इस तर्फ़ी के[1] वक़्त में ऐ शोख़
मिहरबानी अपस की कम मत कर

रहम बेजा[2] सितम बराबर है
यूँ रक़ीबाँ[3] उपर करम[4] मत कर

इस नसीहत कूँ गोशे-जाँ[5] सूँ सुन
दिल कूँ अपने मकाने-ग़म मत कर

राम तुझ अमर का हुआ है 'वली'
गर है इंसाफ़ उस सूँ रम[6] मत कर

---

1. मुँह दिखाई के 2. गलत दया 3. दुश्मनों के 4. कृपा 5. दिल की गहराई 6. पलायन

सुनाया जब ख़बर शादी की क़ासिद[1] सुबहदम आकर
माँग्या रुख़्सत[2] मेरे नज़दीक बाहर दिल सूँ ग़म आकर

तिरे मिलने सूँ ता रोशन करे दिल की मजालिस[3] कूँ
हुई है शोलाज़न सीने में ख़्वाहिश दम ब दम आकर

बजुज़[4] तुझ जामे-लब के ऐ परीपैकर न पिउँ हर्गिज़
अगर देवे अपस के हाथ सूँ मुझ जामे-जम[5] आकर

नज़ारा जो किया मैं तुझ मुबारक हुस्न का मोहन
किया मुझ दिल में तेरी ज़ुल्फ़े-ख़म दर ख़म का ख़म[6] आकर

'वली' तुझ हुस्न की तारीफ़ में जब रेख़्ता बोले
सुनेगा उस्कूँ जानो-दिल सूँ वो जाने-अजम[7] आकर

---

1. संदेशवाहक 2. विदाई माँगी 3. महफ़िलों को 4. सिवा, के अलावा 5. जमशेद का प्याला
6. केशों के पेच दर पेच 7. जिसकी ईरान-तूरान तक में शोहरत है

सजन तुझ गुलबदन का आज नैं सानी चमन भीतर
ग़लत बोल्या चमन क्या बल्कि जिन्नाती अदन[1] भीतर

तेरे गुलज़ारे-रंगीं का जो कुई मक़्तूल[2] है, ऐ गुल
वो अपने ख़ूँ में ज्यूँ ग़र्क़ है ख़ूनी कफ़न भीतर

पड़ी है दिल के परवाने में तेरे इश्क़ की आतिश
हुई है शम्अ तेरे मुख सूँ रौशन अंजुमन[3] भीतर

तू वो गुलपैरहन[4] है मिस्रा-ए-ख़ूबी[5] कि ऐ मोहन
कि लाखाँ दिल के यूसुफ़ हैं तेरे चाहे-ज़क़न[6] भीतर

चमन में इस सबब जाता हूँ, ऐ रश्के-हज़ाराँ गुल
कि तेरी बास की पाता हूँ टुक बू यास्मन[7] भीतर

सरापा[8] ज़िन्दगानी कूँ जलाती है तेरी शौक़ाँ
अजब तुझ इश्क़ की गर्मी है शम्अ शोलेज़न भीतर

ये मुख की शम्अ सूँ रौशन है हफ़्त अक़्लीम[9] की मजलिस
'वली' परवानगी करता तेरी मुल्के-दकन[10] भीतर

---

1. यमन का एक द्वीप, जहाँ के मोती मशहूर हैं और लोकविश्वास है कि वहाँ जिन्न रहते हैं
2. बध किया हुआ 3. सभा 4. फूलों की सजावट या पोशाक 5. शे'र की ख़ूबसूरत पंक्ति 6. ठुड्डी के भीतर का गढ़ा 7. चमेली 8. समूची 9. सारी दुनिया 10. दक्खिन प्रदेश

अब जुदाई नैं कर ख़ुदा सूँ डर
बेवफ़ाई नैं कर, ख़ुदा सूँ डर

मत तग़ाफ़ुल[1] कूँ राह दे ऐ शोख़
जग-हँसाई नैं कर ख़ुदा सूँ डर

है जुदाई में ज़िन्दगी मुश्किल
आ, जुदाई नैं कर, ख़ुदा सूँ डर

आशिक़ाँ कूँ शहीद करके सनम
क़फ़हिनाई[2] नैं कर, ख़ुदा सूँ डर

आरसी देख कर न हो मग़रूर
ख़ुदनुमाई नैं कर, ख़ुदा सूँ डर

उस सूँ, जो आश्ना-ए-दर्द[3] नहीं
आश्नाई[4] नैं कर, ख़ुदा सूँ डर

ऐ 'वली' ग़ैर आस्ताने-यार[5]
जबहासाई नैं कर[6], ख़ुदा सूँ डर

---

1. उपेक्षा, अनदेखी 2. हथेलियों पर मेहंदी लगाना 3. वेदनासिक्त, दर्दमंद 4. मेलजोल
5. माशूक़ की दहलीज़ के सिवा किसी गैर के दरवाज़े 6. माथा न टेक

चमन में जब चले वो हुस्ने-आलम[1] ताब सूँ[2] उठकर
करे ताज़ीम[3] ख़ुशबू हर कली सेराब[4] सूँ उठ कर

करे गर आरसी घर में लिजा तुझ मुख की मेहमानी
धुलावे हाथ कूँ तेरे अपस की आब सूँ उठ कर

तेरे अबरू[5] की गर पहुँचे ख़बर मस्जिद में ज़ाहिद[6] कूँ
तमाशा देखने आवे तेरा मेहराब सूँ उठ कर

तेरे पाँवों की नरमी की अगर शुहरत हो आलम में
वहीं आवे क़दमबोसी कूँ मख़मल ख़्वाब सूँ उठ कर

'वली' तुझ ज़ुल्फ़ की गर सहरसाज़ी[7] का बयाँ बोले
चले पाताल सूँ बासुकि[8] सो पेचोताब सूँ[9] उठ कर

---

1. विश्व-सुंदरी 2. गर्वोन्नत, अभिमान से 3. सम्मानित 4. ओस या पानी की बूँदों से
5. भ्रू-भंगिमा, भौंहों के बल 6. पुरोहित, संयमशील व्यक्ति, नमाज़ी 7. जादूगरी, तिलस्म
8. हिन्दू पौराणिकी का वासुकि नाग 9. कुंडली से

दिल मिरा है वो आतशीं पैकर[1]
राख हो गये जिसकूँ देख शरर[2]

क्या कहूँ नब्ज़े-दिल[3] की बेताबी
कुव्वत[4] जिसका है आतशीं नश्तर

इश्क़बाज़ाँ में उसकूँ है राहत
जिसकूँ अलमास[5] का मिल्या बिस्तर

उनने पाया है मंज़िले-मक़्सूद[6]
इश्क़ जिसका है हादी ओ रहबर[7]

तर्के-लज़्ज़त[8] की जिसकूँ है लज़्ज़त[9]
शकर उसकूँ है ज़हर, ज़हर शकर

आश्नायाँ कूँ मौजे-आबे-वफ़ा[10]
है मुहब्बत की तेग़ का जौहर

बज़्मे-दिलबर[11] में ऐ 'वली' जा तू
शौक़ का[12] आज हाथ ले साग़र[13]

---

1. आग से जलता हुआ भांड 2. चिनगारी, अंगारे 3. दिल की धड़कन 4. शक्ति, सामर्थ्य
5. एक कीमती पत्थर 6. लक्ष्य तक पहुँचना 7. राह दिखाने वाला, मार्गदर्शक 8. बेस्वाद
9. जो किसी स्वाद या ज़ायके की परवाह न करे 10. वफ़ारूपी जलाशय की लहरें 11. प्रियतम
की महफ़िल 12. प्रेम का 13. प्याला

हुआ नहीं वो सनम सह्बे-अख़्तियार[1] हनोज़[2]
बजाय ख़ुद है रक़ीबाँ का ऐतिबार[3] हनोज़

परीरुख़ाँ की झलक का किया हूँ बस कि ख़याल
बरंगे-बर्क़[4] मिरा दिल है बेक़रार हनोज़

दो चश्म चार हुए शौक़ के दो अबरू से
वले[5] नहीं वो दोरंगी हुआ दो-चार हनोज़

हज़ार बुलबुले-मिस्कीं का सैद[6] है बाक़ी
मुकीम[7] है चमने-हुस्न में बहार हनोज़

अपस की चश्म की गर्दिश सूँ दे पियाला मुझे
गया नहीं है मेरी चश्म सूँ ख़ुमार हनोज़

चले हैं आहुए-मुश्कीं[8] खुतन सूँ[9] सुनके कि है
निगाहे-शोख़ सनम दरपैए-शिकार[10] हनोज़

'वली' जहाँ के गुलिस्ताँ में हर तरफ़ है ख़िज़ाँ
वले बहार है वो सर्व गुलअज़ार[11] हनोज़

---

1. अपने अधिकारों के प्रति जागरूक 2. अब तक 3. दुश्मनों पर भरोसा 4. बिजली की तरह
5. लेकिन 6. असहाय बुलबुलों का शिकार 7. टिका हुआ 8. कस्तूरी हिरन 9. एक प्राचीन
इलाका, जहाँ के कस्तूरी हिरन प्रसिद्ध थे 10. शिकार होने को तैयार 11. फूल जैसे गाल

जब लग है चमन बीच बहारे-गुलो-नर्गिस[1]
है बाग़े-सुख़न[2] बीच बहारे-गुलो-नर्गिस

वहदत के गुलिस्ताँ का[3] चमन हुस्न है तेरा
फूल्या है चमन बीच बहारे-गुलो-नर्गिस

तारे नहीं वो बाग़े-फ़लक[4] बीच जो दिसते
गुलशन है गगन बीच बहारे-गुलो-नर्गिस

नर्गिस के तमाशे कूँ गुलिस्ताँ में नको जा[5]
है चश्मे-सजन बीच बहारे-गुलो-नर्गिस

उस शोख़ की बीमार-अँखाँ देख 'वली' तू
ख़्वाहिश है जो मन बीच बहारे-गुलो-नर्गिस

---

1. फूल और नर्गिस की बहार 2. काव्योद्यान 3. अद्वैत के उपवन का 4. आकाश के उद्यान में 5. न जा

जब सूँ वो गुलबदन है मेरे पास
गुलशने-दिल तमाम है ख़ुशबास[1]

देखा जो ऐ परी तिरी तस्वीर
गुम किया है अपस सूँ होशो-हवास

क्यूँ छिपाती हो अपने सीने कूँ
दिल में आता है कुछ का कुछ बिसवास

तिश्न-ए-आबे-ज़िन्दगानी[2]   हूँ
बोसा देकर बुझा तू मेरी प्यास

देख तुझकूँ उदास ऐ जानाँ
दिल मिरा मुझ सती हुआ है उदास

मुझ सूँ मत कर लिबास की कुछ बात
मोतबर[3] नहीं है आशिक़ी में लिबास

ऐ 'वली', रात-दिन है दिल में मेरे
उस परीरू के देखने की आस

---

1. सुगंधित, प्रसन्नचित्त 2. जीवन-जल का प्यासा 3. भरोसेमंद

शोख़ आता नहीं हज़ार अफ़सोस
मुख दिखाता नहीं हज़ार अफ़सोस

मत्तरिब[1] नग़्म-ए-साज़ महफ़िले-इश्क़
ताना[2] गाता नहीं हज़ार अफ़सोस

बज़्मे-इश्रत में[3] जामे-लब सूँ पिया
मय पिलाता नहीं हज़ार अफ़सोस

वो साजन नाज़ सूँ भली बाताँ
मन में लाता नहीं हज़ार अफ़सोस

प्रेमनगरी की राह ग़ैर[4] 'वली'
कोई पाता नहीं हज़ार अफ़सोस

---

1. गायक 2. कटाक्ष या व्यंग्य से भरपूर नग़्मा 3. सुख-चैन की महफ़िल में 4. अलग, दूसरी, भिन्न, अपरिचित

इश्क़ के हाथ सूँ हुए दिल रेश[1]
जग में क्या बादशाह क्या दरवेश

जीव मेरा हुआ है ज़ेरो-ज़बर[2]
जब सूँ तेरा फ़िराक़[3] आया पेश

शोख़ के दिल सूँ दिल हुआ पैवस्त[4]
आतिशे-इश्क़ का लगा सरपेश

तुझ पे क़ुर्बाँ हूँ ऐ कमाँ अबरू[5]
जब सूँ लेता हूँ आशिक़ी का केश

जिसकूँ क़ुर्बत[6] है इश्क़ सूँ तेरे
उसके नज़दीक कब अज़ीज़ है खेश[7]

तुझ बिन इक पल नहीं मुझे आराम
बेग[8] दिखला दरस ऐ मरहम रेश[9]

ऐ 'वली', उसका ज़हर क्यूँ उतरे
जिनने खाया है आशिक़ी का नेश[10]

---

1. ज़ख़्मी, घायल 2. बेचैन 3. इंतज़ार 4. प्रविष्ट हुआ, जा मिला 5. बाँकी अदा 6. निकटता
7. कम्बल 8. जल्दी 9. ज़ख़्म पर मरहम जैसा असर करने वाले 10. डंक

क्यूँ न हो महबूब मेरा जग में ख़ास
उसकी करते हैं सिफ़त[1] सब आमो-ख़ास

ख़ुशक़दाँ[2] सब उस अँगे हैरान हैं
है लटक में ज्यों क़बक[3] रफ़्तारे-ख़ास[4]

मुझकूँ पहुँचा है सनम सें ऐ सजन
आशिक़ों की जा ये है दारुल ख़वास[5]

क़त्ल करते हैं दो नैनाँ पुर-ख़ुमार[6]
कौन है लेवे तुझ आँखों सें क़सास[7]

आर्जू है नित 'वली' कूँ वस्ल की
कब मिलेगा मेरे तैं[8] वो नूरे-ख़ास

---

1. बड़ाई 2. ख़ूबसूरत डीलडौल वाले 3. लौकी 4. एक विशेष अदा से लटकी हुई 5. ख़ास या प्रमुख लोगों की जगह 6. ख़ुमारी से भरे हुए 7. प्रतिद्वंद्विता, मुक़ाबला करे 8. मेरे हिस्से

तुझ क़द उपर जब सूँ पड़ीं जग में निगाहे-आशिक़ाँ
तब सूँ गईं तोबा[1] तलक ज्यूँ तीर आहे-आशिक़ाँ

जब सूँ तिरा मुख देख कर माशूक़ सब आशिक़ हुए
तब सूँ तू मुल्के-हुस्न में है बादशाहे-आशिक़ाँ[2]

साअत सनासाँ[3] दंग हैं उश्शाक़ के अहवाल सूँ[4]
यक यक घड़ी तुझ हिज्र की[5] है सालो-माहे-आशिक़ाँ[6]

पहुँचे हैं मंज़िल सालिकाँ[7] तुझ हुस्न के परतौ सती[8]
यो नूर तेरा ए सजन है शम्अ राहे-आशिक़ाँ

वो यूसुफ़े-कनआन[9] दिल किस कारवां में है 'वली'
जिसके जनख-दाँ[10] कूँ जगत बोले है चाहे-आशिक़ाँ[11]

---

1. निषेध, बहिष्कार 2. आशिकों का बादशाह 3. मुहूर्त निकालने वाले 4. आशिक़ों के हालचाल से
5. वियोग की 6. आशिक़ों के लिए महीनों-सालों लम्बी है 7. बटोही, राहगीर 8. तुम्हारी सुंदरता के
आलोक या प्रकाश के सहारे 9. हज़रत यूसुफ़ का जन्मस्थान, कनआन में जन्मे यूसुफ़ 10. टुड्डी
11. आशिक़ों की हसरत या कामना

पड़्या हूँ कोहे-ग़म में[1] इस दिले-नाशाद सूँ जाकर
दुआ बोलो मेरी जानिब सूँ कुई फ़रहाद सूँ जाकर

बिरह के हाथ सूँ गर्दाबे-ग़म में[2] जा पड़्या है दिल
कहो मेरी हक़ीक़त चर्खें-बेबुनियाद[3] सूँ जाकर

गिरफ़्ताराँ की ग़मख़्वारी अता[4] लाज़िम हुई तुझ पर
हक़ीक़त मुर्ग़े-दिल की यूँ कहो सैयाद[5] सूँ जाकर

किया है ख़ून ने सौदा कि गल्बा[6] तन मचीं मेरे
निगह के नेश्तर कूँ ला कहो फ़र्याद सूँ जाकर

'वली' इस क़द का तालिब[7] है मुबारकबाद आ बोलो
कहो समझा के गुलशन में हर इक शमशाद[8] सूँ जाकर

---

1. दुख की पहाड़ी खोह में 2. दुखों की भँवर में 3. असीम आसमान 4. प्रदान, सुलभ
5. शिकारी, बहेलिया 6. मारकाट 7. इच्छुक 8. सरू के दरख़्त

आया तूँ कमर बाँध के जब जोरो-जफ़ा[1] पर
मैं ज्यु कूँ[2] तसद्दुक़[3] किया तुझ बाँकी अदा पर

मुझ दीद-ए-ख़ूँ[4] बार में यक बार क़दम रख
ऐ शोख़ तेरा जीव[5] है गर रंगे-हिना[6] पर

अँख्याँ हैं यो ख़ूबान जहाँ की कि लगी हैं
बूटी नहीं नर्गिस की सनम तेरी क़बा[7] पर

तश्बीह[8] जो तुझ ख़त कूँ दिया मुश्के-खुतन सूँ[9]
आलम कूँ वो आगाह किया अपनी ख़ता पर

दुश्वार है हैरत सूँ 'वली' उसकूँ निकलना
बाँधा है जु दिल उस रुख़े-आईनानुमा[10] पर

---

1. जुल्म, अत्याचार 2. जी को 3. न्यौछावर 4. ख़ून से डबडबाई आँखों में 5. तबियत
6. मेहंदी के रंग पर 7. अँगरखा, चादर 8. उपमा 9. खुतन की कस्तूरी से 10. दर्पण जैसे
मुखमंडल पर

ऐ बादेसबा[1] बाग़ में मोहन के गुज़र कर
मुझ दाग़ की इस लाला-ए-ख़ूनीं[2] कूँ ख़बर कर

क्या दर्द किसी कूँ कि कहे दर्द मेरा जा
ऐ आह, मेरे दर्द की तूँ जाके ख़बर कर

मत तर्ज़े-तग़ाफ़ुल कूँ[3] मेरे हक़ में रवा रख
ऐ शोख़, मेरी आह सूँ अलबत्ता हजर[4] कर

दूजा नहीं ता पिउ सूँ कहे दिल की हक़ीक़त
ऐ दर्द, तू जा जीव में इस पी के असर कर

क्या ग़म है उसे तीरे-हवादिस सूँ[5] जहाँ में
बूझ्या जो कोई गर्दिशे-साग़र कूँ[6] सपर कर

कै बार लिख्या इसकी तरफ़ नामे कूँ[7] लेकिन
हर बार सट्या[8] अश्क ने मुझ नामे में तर कर

हर वक़्त न सट कुहले-तग़ाफ़ुल कूँ[9] अँख्या में
टुक मेहर सूँ[10] इस तरफ़ ऐ बेमेहर[11] नज़र कर

उस साहिबे-दानिश[12] सूँ 'वली' है ये ताज्जुब
यकबारगी[13] क्यूँ मुझकूँ गया दिल से बिसर कर

---

1. सुबह की पुरवाई 2. लाल रंग का लाले का फूल 3. उपेक्षा भाव को 4. कड़ाई से पेश
आ 5. हादसों के तीर से 6. शराब के दौर 7. पत्र, ख़त 8. चिपक गया, अस्पष्ट हो गया
9. उपेक्षा का सुर्मा न लगा 10. ज़रा मेहरबानीपूर्वक 11. बेदर्द 12. समझदार, विद्वान 13. एकदम

हुआ हूँ बेख़बर तुझ मस्त आँख्याँ की ख़बर सुन कर
हुआ हो नातवाँ[1] ज्यूँ मूँ तिरी नाजुक कमर सुन कर

नहीं तुझ लाले-शीरीं पर ख़ते-सब्ज़े-गुलिस्ताँ[2] रू
यो तूती[3] है कि आई है तेरे लब की शकर सुन कर

सरापा होके सौदाई[4] पड़्या तुझ ग़म के हल्के में
तेरी जुल्फ़ाँ की सुंबुल ने[5] हिकायत[6] सर ब सर सुन कर

पिरित के पथ में हर्गिज़ क़दम पीछे न रख ऐ दिल
हटाते हैं क़दम नामर्द इस रह के ख़तर सुन कर

बगोले की नमत[7] आता है मजनूँ बेसरो-बेपा[8]
मेरे दीवाने दिल कूँ अपस का राहबर सुन कर

सबा[9] के हाथ सूँ ज्यूँ है हर इक ग़ुंचा[10] परीशाँदिल
यूँ ही हर दिल परीशाँ है मेरी आहे-सहर[11] सुन कर

'वली' तेरी गली कूँ सुन के यूँ मुश्ताक़[12] है निशि दिन
कि ज्यूँ मुश्ताक़ हो आशिक़ ख़बर माशूक़ की सुन कर

---

1. कमज़ोर, दुबला 2. गुलिस्तां की हरियाली का निशान 3. तोता, सुग्गा 4. पागल, विक्षिप्त
5. गजरा, फूल 6. किस्सा, कहानी 7. बगूले की भाँति 8. बेहोशी से भरा 9. पुरवाई 10. कली
11. सुबह की आह 12. उत्सुक

सजन तुम इंतज़ारी में रहें निसदिन खुली अँख्याँ
मिसाले-शम्अ तेरे ग़म में रो रो बह चली अँख्याँ

हुई ज्यूँ जल्वागर[1] तुझ याद सूँ मुझ दिल में बेताबी
तपे शोला नमन गर्मी सूँ ग़म के तलमली[2] अँख्याँ

जुदाई जब सूँ हुई ज़ाहिर तधाँ सूँ[3] पूछता हूँ मैं
तेरे बिन तेल के ज्यूँ मेल सुर्मे की सली[4] अँख्याँ

तेरे बिन रात दिन फिरत्याँ[5] हैं बन बन किशन की मानिंद
अपस के[6] मुख उपर रख कर निगह की बाँसली[7] अँख्याँ

नजिक[8] मेरे करम सूँ ताकि आवे बेहिजाब होकर
तमाशे में तेरे ज्यूँ आरसी है सैक़ली[9] अँख्याँ

तेरे नैना पे गर आहू तसद्दुक[10] हो तो अचरज नैं
कि उसको देख कर गुलशन में नर्गिस ने मली अँख्याँ

इती ख्वाहाँ[11] है तुझ हुस्नो-मलाहत होर लताफ़त की[12]
कि गोया दिल में रखत्याँ हैं सदा फ़िक्रे-'वली' अँख्याँ

---

1. प्रकट 2. तिलमिलाती 3. तभी से 4. सलाई 5. फिरती 6. आपके या तुम्हारे 7. बाँसुरी
8. नज़दीक ९. धार या सान चढ़ाने वाला पत्थर 10. निछावर 11. चाहत, इच्छुक 12. लावण्यता
और कोमलता

मैं सूरा-ए-इख़लास[1] तेरे रू[2] सूँ लिखा हूँ
बिस्मिल्ला-ए-दीवान[3] तुझ अबरू सूँ लिखा हूँ

तुझ चश्म की तारीफ़ कूँ आहू के नैन पर
अबसरे-कलमे-नर्गिसे-जादू[4] सूँ लिखा हूँ

ऐ मू-ए-मियाँ बस्फ़[5] तेरे मू-ए-मियाँ के[6]
चीते की कमर पर कलम के मू सूँ लिखा हूँ

तुझ तुर्रे-ए-तर्रार[7] की तारीफ़ कूँ ऐ शोख़
सुंबुल के चमन में गुले-शब्बू[8] सूँ लिखा हूँ

उस मर्दुमके-चश्म[9] तरफ़ हाल 'वली' का
पलकाँ की कलम कर अपस अँझुआँ सूँ[10] लिखा हूँ

---

1. सच्चे प्रेम से संबंधित *क़ुरान* का सूरा (परिच्छेद) 2. मुख छवि 3. दीवान की शुरुआत (मंगलाचरण) 4. जादुई नर्गिस की कलम 5. गुण, ख़ूबी 6. कमर के बालों की 7. तर्रार तुर्रे 8. एक फूल का नाम 9. आँख की पुतली 10. अपने आँसुओं से

मुझकूँ है दारुल अमन[1] पीव का नक़्शे-चरन
पीव का नक़्शे-चरन मुझकूँ है दारुल अमन

पीव का शीरीं वचन मुझकूँ है आबे-हयात[2]
मुझकूँ है आबे-हयात पीव का शीरीं वचन

ऐ महे-सीमींबदन[3] मुख कूँ अपस के दिखा
मुख कूँ अपस के दिखा ऐ महे-सीमींबदन

मुझ सूँ गया मा-ओ-मन[4] देख के तेरे नयन
देख के तेरे नयन मुझ सूँ गया मा-ओ-मन

तुझ सूँ लगी है लगन ऐ गुले-बाग़े-हया
ऐ गुले-बाग़े-हया तुझ सूँ लगी है लगन

ज़ुल्फ़ तेरी बरहमन मुख है तेरा आफ़ताब
मुख है तेरा आफ़ताब ज़ुल्फ़ तेरी बरहमन

दस्ते-गुल[5] है सजन सुन यो सुख़न[6] ऐ 'वली'
सुन यो सुख़न ऐ 'वली', दस्ते-गुल है सजन

---

1. शांति या सुकून की जगह 2. जीवन जल 3. चंद्रबदन 4. होशोहवास 5. गुलदस्ता 6. कविता
(ग़ज़ल)

दिल छोड़ के यार क्यूँकि जावे
ज़ख़्मी है शिकार क्यूँकि जावे

जब लग न मिले शराबे-दीदार[1]
अँख्याँ का ख़ुमार क्यूँकि जावे

है हुस्न तेरा हमेशा यक्साँ[2]
जन्नत सूँ बहार क्यूँकि जावे

अँझवा की[3] अगर मदद न होवे
मुझ दिल का गुबार क्यूँकि जावे

मुमकिन नहीं अब 'वली' का जाना
है आशिक़ेज़ार[4] क्यूँकि जावे

---

1. दर्शन की शराब 2. एक जैसा 3. आँसुओं की 4. दीन-दुखी प्रेमी

यो मेरा रोना कि तेरी है हँसी
आप बस नैं परबसी है परबसी

है कुल आलम में करम[1] मेरे उपर
जुज़रसी[2] है जुज़रसी है जुज़रसी

रात दिन जग में रफ़ीक़े-बेकसाँ[3]
बेकसी है बेकसी है बेकसी

सुस्त होना इश्क़ में तेरे सनम
नाकसी[4] है नाकसी है नाकसी

बाइसे-रुसवाइ-ए-आलम[5] 'वली'
मुफ़लिसी[6] है मुफ़लिसी है मुफ़लिसी

---

1. कृपाभाव 2. कंजूसी 3. दुखी और बेकस लोगों का मित्र 4. कमीनगी 5. दुनिया भर की निंदा के कारण 6. गरीबी

तेरे नयन का देख के मैख़ाना आईना
है तुझ निगाहे-मस्त का दीवाना आईना

है शम्अ सरबुलंद[1] तेरा नूर देख कर
सब जौहराँ किये हैं सौ पर्वाना आईना

जब सूँ पड़्या है अक्स तिरा आइने भितर
तब सूँ लिया है शक्ले-परीख़ाना[2] आईना

तुझ नैन की यो देख के पुतली कूँ ऐ सनम
सर ता क़दम है सूरते-बुतख़ाना[3] आईना

मानिंद उस 'वली' कि हुआ मस्तो-बेख़बर
तुझ नैन सूँ पिया है जो पैमाना[4] आईना

---

1. ऊँची-तेज़ लौ वाली 2. परीख़ाने जैसी शक्ल 3. सिर से पैर तक मंदिर या देवालय जैसी
शक्ल 4. जाम, प्याला

मेरी निगह की रह पर ऐ फ़र्ख़ुंदाफ़ाल[1] चल
है रोज़े-ईद आज, अब्रु-ए-हिलाल[2] चल

तेरी नयन की दाद सूँ ऐ नूर हर नज़र
शक नैं अगर खुतन सती[3] आवे ग़ज़ाल[4] चल

मुमकिन नहीं है तब की तरफ़ उसकी बाज़गश्त[5]
जो दिल गया है दिलबरो-दिलकश की नाल[6] चल

पीतम की ज़ुल्फ़ बीच दिस्या मुझ सवादे-हिंद[7]
उस राह मार बीच में ऐ दिल सँभाल चल

वहदत[8] के मैकदे में नहीं बार[9] होश कूँ
इस बेख़ुदी की घर की तरफ़ ख़ुद को डाल चल

ऐ बेख़बर, अगर है बुज़ुर्गी की आर्ज़ू
दुनिया की रहगुज़र में बुज़ुर्गों की चाल चल

गर आक़िबत के मुल्क[10] की ख़्वाहिश है सल्तनत
ख़ुशखसलती[11] के मुल्क में ऐ ख़ुश्क चाल चल

मुर्शद[12] की मंज़िलत का अगर अज़्म जज़्म[13] है
साया-ए-नमत[14] तू पीर के दायम दुम्बाल[15] चल

आया मिरी तरफ़ जो 'वली' तो अजब नहीं
आते हैं तुझ गली मने सहबे-कमाल[16] चल

---

1. ख़ुशनसीब 2. बांकी भौंहों वाला 3. तन से 4. मृग, हिरन 5. वापसी 6. तरफ़ (पंजाबी शब्द) 7. हिन्दुस्तान के आसपास की ज़मीन 8. अद्वैत भावना 9. अनुमति 10. यमलोक 11. ख़ुशियों से भरपूर 12. धर्मगुरु 13. पक्का इरादा 14. साये की भाँति 15. हरदम अनुगमन कर 16. ख़ास-ख़ास लोग

तू बाँधा जब गुलाबी सर पे फेंटा
चमन सूँ बुलबुलाँ आके झपेटा

दिया ऐसी अदा सूँ पेंच पर पेंच
कि कई आशिक़ाँ के जी उसमें लपेटा

तिरे मुख पर तजल्ली[1] मौत दिसती
मगर तूँ हुस्न का मादन[2] समेटा

'वली' मरहम नहीं उस्का किसी तौर
कि जिसने इश्क़ का खाया झपेटा

---

1. प्रकाश, आभा 2. खदान, खान

मुझकूँ पहुँची उस शकर लब की ख़बर
हक़[1] शकरखोरे[2] कूँ देता है शकर

बू अल सिना[3] अगर देखे उसे
कायदे हिकमत[4] के सब जाएँ बिखर

सात परदों में रखूँ उसकूँ छिपा
आवे गर अँख्या में वो नूरे-नज़र

मुझकूँ सब आलम कहे बारीक बीं[5]
गर लगे टुक हाथ वो नाज़ुक कमर

उस लबाँ का ऐ 'वली' तालिब[6] है दिल
जिसके ग़म सूँ लाल है ख़ूनी जिगर

---

1. अधिकार 2. शक्कर खाने वाला 3. भाषा विज्ञानी 4. नियम, सिद्धांत 5. बारीक-से-बारीक
चीज़ देख लेने वाला 6. इच्छुक

दिल कूँ गर मर्तबा[1] हो दरपन का
मुफ़्त है देखना सरीजन[2] का

जामा जेबाँ कूँ क्यूँ तजूँ कि मुझे
घेर रखता है दूर दामन का

ऐ जबाँ कर मदद कि आज सनम
मुंतज़र है[3] बयाने-रोशन का

हिकमते-इश्क़[4] बू अली सूँ न पूछ
नैं वो कानून शनास[5] इस फ़न का

अमन में तुझ निगह सूँ हैं बेडर
ख़ौफ़ नैं मुफ़लिसाँ कूँ[6] रहज़न[7] का

टुक 'वली' की तरफ़ निगाह करो
सुबह सूँ मुंतज़र है दरसन का

---

1. पद, दर्जा 2. सुंदरियों का 3. इंतज़ार में है, प्रतीक्षा करता है 4. प्रेमशास्त्र 5. जानकार
6. गरीबों या वंचितों को 7. लुटेरों का

देख यो जमा अंदालीबाँ जमा[1]
ग़ुंचा-ए-गुल किया ग़रीबाँ जमा[2]

इस मकाँ से तू भाग ऐ दाना[3]
जिस मकाँ में हुए हैं नादाँ[4] जमा

इश्क़ के रम्ज़ सूँ[5] नहीं आगाह
क्या हुआ तू किया किताबाँ जमा

कोई मुक़्बिल[6] न आ सके उसके
गर अछें जग के सारे ख़ूबाँ जमा[7]

शायरों में अपस का[8] नाम किया
जब 'वली' ने किया यो दीवाँ जमा[9]

---

1. बहुत-सी बुलबुलों को एकत्र 2. फूलों के गुच्छे गले मिले 3. समझदार 4. नादान 5. दाँव-पेंच से 6. मुक़ाबले में 7. अगर दुनिया की सारी सुंदरियाँ जमा हों 8. अपना 9. दीवान जमा किया

नज़्में

सूरत शहर की तारीफ़

अजब शहराँ में है पुरनूर यक शहर
बिला शक वो है जग में मक़्सदे-दहर[1]

अहे मशहूर उसका नाम सूरत
कि जावे जिसके देखे सूँ कदूरत[2]

जगत की आँख का गोया ये नूर
अछो[3] उस नूर सूँ हर चश्मे-बद् दूर[4]

शहर ज्युँ मुंतख़ब[5] दीवान है सब
मलाहत[6] की वो गोया खान है सब

सुरज देख आब[7] उसकी जग में काँप्या
समुंदर मौजज़न[8] रग रग में काँप्या

किनारे उसके यक दरिया-ए-तपती[9]
कि दुनिया देखने कूँ उसके टपती

किया जब ख़िजालत[10] सूँ य' ज्यूँ अर्क़[11]
हुआ दरिया अपस के अर्क़ में ग़र्क़

---

1. समय का आशय, युग का लक्ष्य 2. मलिनता, मैल, गंदगी 3. अच्छा 4. बुरी नज़र
5. चुनिंदा 6. खूबियों की 7. आभा, छटा 8. लहराता सागर 9. एक नदी का नाम (ताप्ती)
10. शर्म 11. मदिरा

शहर सूँ है वो हमबाजू हमेशा
दरिया सूँ है वो हमपहलू हमेशा

कि आबे-खिज्र[1] की है उसमें तासीर
हवा देती है उसकी यादे-कश्मीर

वहाँ अस्नान जब करता है आलम
सुबह हौर शाम तय करता है आलम

अजब क़िला है वहाँ इक बा क़रीना[2]
कि ज्यूँ अंगुश्तरी[3] ऊपर नगीना

नजिक क़िले के बाड़ा घाट है वाँ
कि दायम गुलरुख़ाँ का हाट है वाँ

अहे उस हाशिए पर जाये आराम
तिलस्मी बाग़[4] वाँ होता है हर शाम

ऐ बुलबुल पाकबीनी[5] सूँ नज़र कर
कसाफ़त[6] की नज़र सूँ बस हज़र[7] कर

(लम्बी नज़्म के शुरुआती बंद)

---

1. कैस्पियन सागर 2. ढंगदार 3. अंगूठी 4. जादुई 5. पवित्र दृष्टि से 6. बुरी या गंदी दृष्टि से 7. दूर रह

मुखम्मस (पंचपदे)*

हमसर[1] हो तेरे दावे में अड़ कौन सकेगा
गब्बास[2] हो तुझ बहर[3] में पड़ कौन सकेगा
हमवस्ल[4] हो तुझ साथ बिछड़ कौन सकेगा
तुझ गम्ज़ा-ए-ख़ूँरेज[5] सूँ लड़ कौन सकेगा
तुझ नाज़े-सितमगर सूँ झगड़ कौन सकेगा॥

तुझ फ़ितरते-तस्वीर[6] है फ़िर्दौस चंचल कूँ
क्या ताकत ओ तारीफ़ तेरे हुस्न की गुल कूँ
है रात सही रंग कहाँ तेरे सूँ डल कूँ
तुझ हुस्न के बाज़ार में दीवाना ए दिल कूँ
बन जुल्फ़ की ज़ंजीर जकड़ कौन सकेगा॥

ऐ दिलरुबा ऐय्यार,[7] मिरे दिल की ख़बर ले
फिरता हूँ सदा सोर तुझ जुल्फ़ की झर ले
यो मर्दुमके-चश्म[8] ने सुरमे का खंज़र ले
फिरते हैं सियह मस्त[9] हो शमशेर नज़र ले
बिन नींद उन अँख्याँ को पकड़ कौन सकेगा॥

---

* नज़्म की एक किस्म, जिसमें पाँच-पाँच मिसरों के पाँच बंद होते हैं।
1. समान हैसियत का, अक्खड़ 2. गोताखोर 3. समंदर 4. तुझसे मिलने के बाद
5. ख़ूँखार आँखों के इशारे 6. कुदरत की सबसे हसीन शक्ल 7. छलिया दिलरुबा
8. आँख की पुतली 9. मस्ती में डूबे

है गुलबदन पर बार तेरे हुस्न का ख़ुश छब
अलवाह[1] दिसे बहर तेरे आँग के खब खब
कीता हूँ तपाँ देख मैं सीमाब कूँ जब तब
हैं खिज्र के चश्मे सूँ तेरे लब यो लबालब
बिन सब्ज़ा-ए-ख़त उनकूँ अँपड़[2] कौन सकेगा॥

महसूर[3] किया जग कूँ सजन तेरी गली ने
नैं देख सके तुझ चश्म सूँ चम्पे की कली ने
सापाँ कूँ करे दंग तेरी लड़ की झली ने
तुझ ज़ुल्फ़ का विस्तार लिखा आज 'वली' ने
उस सहर के तूमार कूँ पड़ कौन सकेगा॥

(2)

रहम कर तुझकूँ दिलेरी की क़सम।
मेहर कर तुझकूँ सरवरी[4] की क़सम।
मुख दिखा माह अनवरी की क़सम।
मान तूँ मेहरो-मुश्तरी[5] की क़सम
है तुझे शीशा ओ परी की क़सम॥

बात यो शम्स सूँ है अजहर तर।
हुस्न का तख़्तोताज है तुझ सर।
सुन तूँ खूबाँ के सर का है अफ़सर।
मुख दिसा दुख मेरा तूँ आसाँ कर।
तुझकूँ खूबाँ की अफ़सरी की क़सम॥

---

1. लोहे की सिल्लियाँ 2. पकड़ या छू 3. घिराव, घेर लिया 4. सरदारी 5. प्यार-मोहब्बत और खरीदार

इश्क़ की रह का मुझ सफ़र हैगा।
उस मनें ग़म तिरा ख़तर हैगा।
मुश्किलाँ सूँ मुझे गुज़र हैगा।
आशिक़ा कूँ तूँ राहबर हैगा।
रहनुमा तुझकूँ रहबरी की क़सम॥

मकर कीता तूँ मुझ सूँ चंद दर चंद।
अब न कर तूँ मेरे सूँ ईता कंद।
जुल्फ़े-मुश्कीं का मुझ पे करके कमंद।
जीव मेरे कूँ न कर उसमें बंद।
तुझकूँ है जुल्फ़े-अम्बरी की क़सम॥

यो 'वली' है तेरा बंदा कमतर।
बल्कि है कमतराँ मनें अहकर।
बंदापरवर है तूँ सदा दिलबर।
बंदे पर कर करम की यक तूँ नज़र।
है तुझे बंदापरवरी की क़सम॥

मुस्तजाद*

(1)

कीता हूँ तेरे-नावँ कूँ मैं विर्द ज़बाँ का   हर दम में दहन सूँ

कीता हूँ तेरे शुकर कूँ उनवान बयाँ का   हर मू-ए-बदन सूँ

जिस गर्द उपर पाँव रखें तेरे रसूलाँ   ऐ बारे-खुदाया

उस गर्द कूँ मैं कुहल[1] करूँ दीद-ए-जाँ का   सिद्क़ हो मन सूँ

मुझ सिद्क़ तरफ़ अद्ल सूँ ऐ अहले-हया[2] देख   उल्फ़त की नज़र भर

तुझ इल्म के चेहरे पे नहीं रंग गुमाँ का   सरमस्त बदन सूँ

हर ज़र्रए-आलम[3] में है ख़ुर्शीदे-हक़ीक़ी[4]   ऐ माहे-मुनव्वर

यो बूझ कि बुलबुल हूँ हर एक ग़ुंचा दहाँ का   उश्शाक़[5] की बन सूँ

क्या सहम है आफ़ात क़यामत सती उस कूँ   ऐ सरवरे-आलम

खाया है जु कुई तीर तुझ अबरू की कमाँ का   बे रंज है बदन सूँ

जारी हुए अँझवा[6] मिरे यो सब्ज़ाए-खत देख   नैनाँ सती दिल की

ऐ ख़सरे-क़दम सैर कर उस आबे-रवाँ का   टुक पाक चरन सूँ

कहता है 'वली' दिल सती यो मिस्रा-ए-रंगीं   रजबी की नमन आ

है याद तिरी मुझकूँ सबब राहते-जाँ का   भर दम के बचन सूँ

---

* नज़्म की एक क़िस्म, जिसमें हर मिस्रा में डेढ़ मिस्रा होता है।

1. सुरमा 2. लज्जाशील 3. कण-कण 4. वास्तविक या सच्चा सूर्य 5. आशिक़ का बहुवचन
6. आँसू

(2)

मालूम नहीं किसने मिरे दिल कूँ लिया है   इन इश्वाँगराँ[1] में
किस शोख़ सितमगर ने मुझे पेंच दिया है   उन मूकमराँ[2] में
उस शोख़ नज़रबाज़ के अंदाज़े-निगह का   गर काम नहीं यो
दीवाना मिरे दिल कूँ कहो किनने किया है   जादू नज़राँ में
ज़ाहिर में तरो-ताज़ा-ओ-बातिन में तिरा दाग़   रखता है जो दायम
ज्यूँ लाला उसे बूझ कि नैरंग दिया है   ख़ूनी जिगराँ में
आशिक़ कूँ है बेताबी ओ बेताक़ती-ए-दिल[3]   सरमाया-ए-बीनस
बेइश्क़ जो आलम में फरागत सूँ जिया है   है बेसबरा में
तन्हा नहीं सरशार 'वली' शौक़ सूँ तेरे   ऐ साक़ी-ए-बदमस्त
तुझ इश्क़ का उस बज़्म में जो जाम पिया है   है बेख़बराँ में

---

1. हावभाव से दिल मोह लेने वाले 2. केशवालियों में 3. दिल की कमज़ोरी

रुबाइयाँ

(1)

तुझ इश्क़ सूँ आशिक़ का मन आग हुआ
ख़ुर्शीद नमन[1] तमाम तन आग हुआ
हर तख़्ते-लाला पे[2] लिखे लाली सूँ
तुझ रंग की ग़ैरत[3] सूँ चमन आग हुआ

(2)

दिल जामे-हक़ीक़त सतीं[4] जो मस्त हुआ
हर मस्त मिज़ाजी सूँ[5] ज़बरदस्त हुआ
यो बाग़ दिसा नज़र में तिनके सूँ कम
हौर अर्शे-अजीम[6] पैर तले पस्त हुआ

(3)

तुझ नैन में जी दामे-मुहब्बत[7] देखा
तुझ लब मनें, दिल जामे-मुरव्वत देखा
तुझ मुख के भितर रोज दिसा रौशन मुझ
तुझ ज़ुल्फ़ में दिल शामे-शफ़क़[8] देखा

---

1. सूरज की तरह 2. लाला फूल की क्यारी 3. स्वभाव 4. हकीकत के जाम से 5. मस्त स्वभाव वाले से 6. और ऊँचा आसमान 7. प्रेमपाश 8. सूर्यास्त की शाम

(4)

किसवत कूँ[1] अपस रंग सूँ गुलफ़ाम[2] किया

जब बर में दो दामी कूँ गुल अंदाम[3] किया

दो नाम दो बादाम नैन, दूजे जुल्फ़

शश दाम[4] ने मुझ शशदरो-नाकाम[5] किया

(5)

ये हस्ती मौहूम[6] दिसे मुझकूँ शराब

तुझ रुख के उपर नक्श है ज्यू मिस्ले-हुबाब[7]

ऐसे कि उपर दिल कूँ न कर हर्गिज़ बंद

अपस कूँ न कर ख़राब ऐ ख़ाना-ए-ख़राब[8]

(6)

तुझ लब मने दिसता है मुझ आबे-हयात[9]

तुझ जुल्फ़ की जुल्मात[10] में है लैला-ए-बरात[11]

ऐ सब्ज़े-हिज्र,[12] तुझ क़दम सूँ शायद

उस आबे-हयात कूँ मिले राते-बरात

(7)

है हुस्न की अकलीम में[13] तू शाह हनोज़[14]

ख़ूबी का तेरी मुश्तरी है माह[15] हनोज

इस वक़्त में तू है मालिका-ए-मिस्ने-बहार[16]

यूसुफ़[17] कूँ है तुझ अजीज़ की चाह हनोज़

---

1. पोशाक, वेशभूषा 2. सजीला, सुशोभित 3. फूल जैसा कोमल, सुकुमार 4. छह फंदों ने
5. हैरान, हक्का-बक्का 6. भ्रम पैदा करने वाली 7. मित्रता, दोस्ती की जैसी, साँप-नागिन जैसी
8. बरबाद 9. जीवन-जल 10. अंधकार में 11. बरात की रात 12. शुभ बिछोह 13. दुनिया में
14. अब भी 15. चाँद खरीदार है 16. मिस्र की बहार की मलिका 17. एक खूबसूरत पैगम्बर

(8)

तुझ इश्क़ सूँ नित बे सरो-सामां[1] हूँ मैं
तुझ जुल्फ़ सूँ बेताब-ओ-परीशां हूँ मैं
तुझ मुझ की[2] सफ़ाई कूँ नज़र में रख कर
मुद्दत सती ज्यूँ आइना हैरां हूँ मैं

(9)

यो मुख कूँ तेरे देख गला शरम सूँ माह
ये चाह जनख़[3] की ले गया यूसुफ़ चाह
तुझ नैन के जल्वे कूँ[4] जो नर्गिस देखी
इस कसरते-जल्वे[5] सूँ हुई खीरा निगाह[6]

---

1. बिना असबाब व सामान के, बेसहारा 2. तेरे-मेरे की 3. तुड्डी 4. नुमाइश 5. बेहद साज-श्रृंगार 6. आँखें फटी-फटी रह गईं

चौपदे

(1)

सनम साथ जब आके यारी लगे
यो दुख दर्द आ उमर सारी लगे
जिसे इश्क़ का तीर कारी[1] लगे
उसे जीवना क्यूँ न भारी लगे

(2)

हुआ यार कूँ देख अव्वल[2] जो धक
रहे नीर जारी सदा उसके चक[3]
न छोड़े मुहब्बत कूँ दमे-मर्ग लग[4]
जिसे यारे-जानी सूँ यारी लगे

(3)

सदा जिसके दिल में रहे याद यार
वो रो रो फिरे हिज्र सूँ जार जार
न होवे उसे जग में हर्गिज़ क़रार
जिसे इश्क़ की बेक़रारी लगे

(4)

न कर बात, ऐ जान, हर एक सूँ
मगर बोलना मुझ सूँ अब नेक तूँ
कि हर वक़्त मुझ आशिक़े पाक कूँ
पियारे, तिरी बात प्यारी लगे

---

1. गहरा 2. पहले 3. आँखें 4. मरते दम तक

(5)

यो सुन बात कूँ दिल सते[1] गुलबदन
ख़ुशी सूँ सुनो खोल अपना दहन[2]
करे तूँ 'वली' सूँ अगर यक बचन
रक़ीबाँ के दिल में कटारी लगे

---

1. दिल से 2. मुँह

शे'र

बाज हक़ के[1] नहीं कोई वाक़िफ़ हमारी आह का
मद[2] है ये दीवान-ए-बेताबी[3] की बिस्मिल्लाह[4] का

सबा[5] गर तू है मिहरबाँ तो जाके बोल दिलबर सूँ
कि तुझ अधर के तलब[6] में जीव अधर[7] आ रहा

और मुझ पास क्या है देने कूँ
देख कर तुझकूँ रोये देता हूँ

दूर है लेकिन नजीक दिसता है मुझे
दिल हुआ तुझ देखने कूँ दूरबीं

कश्ती पे मुझ नयन की अँझवाँ के[8] काफ़िले चढ़
मक़्सूद के हरम कूँ[9] एहराम बँध[10] चले हैं

❑❑❑

---

1. ख़ुदा के सिवा 2. दीर्घ अ (अलिफ़) का चिह्न, अ की मात्रा 3. बेताबी का दीवान
4. प्रारम्भ 5. पुरवाई 6. अधरों की कामना 7. जान मुँह में आ रही (एक मुहावरा) 8. आँसुओं के
9. लक्ष्य की दिशा में 10. बहुत बूढ़े लोग

www.ingramcontent.com/pod-product-compliance
Lightning Source LLC
Chambersburg PA
CBHW020736160726
47993CB00006B/2475